余生好贵
请勿浪费

JUST
DO
MORE

特立独行的猫 / 著

江苏凤凰文艺出版社
JIANGSU PHOENIX LITERATURE AND ART PUBLISHING, LTD

图书在版编目（CIP）数据

余生好贵 请勿浪费 / 特立独行的猫著. -- 南京：江苏凤凰文艺出版社，2018.10

（大白鲨）

ISBN 978-7-5594-2637-6

Ⅰ. ①余… Ⅱ. ①特… Ⅲ. ①散文集－中国－当代 Ⅳ. ①I267

中国版本图书馆CIP数据核字（2018）第171647号

书　　名　余生好贵　请勿浪费

著　　者　特立独行的猫
责任编辑　王昕宁
特约编辑　范　颖
出版发行　江苏凤凰文艺出版社
出版社地址　南京市中央路165号，邮编：210009
出版社网址　http://www.jswenyi.com
印　　刷　北京文昌阁彩色印刷有限责任公司
开　　本　880×1230毫米　1/32
印　　张　7.5
字　　数　165千字
版　　次　2018年10月第1版　2018年10月第1次印刷
标准书号　ISBN 978-7-5594-2637-6
定　　价　39.80元

自　序

余生好贵，修炼自己的能力不虚度

1

有次带孩子出门，回家发现密码锁没电了，打不开门。我在业主群里问大家该怎么办？

正当很多邻居给我支着儿的时候，有个小伙子从电梯口慢慢走过来，跟我说：“星姐，我是楼下中介小Q，我给你叫物业了，他们马上来给你开门。”

我抬头看了他一眼，因为业主群最初是中介组织的，所以有几个中介还在里面。这小伙子好像一直直不起后背来，我以为他生病了，或后背痛，也就没有问。他陪着我一直等到物业来了，换好电池，期间他一直逗我孩子玩儿。

走的时候，他回头跟我说：“星姐，有事儿你在群里喊我，随叫随到。”

我开玩笑地说：“我不租房，也不卖房，麻烦事儿找你多不合适。”

他说：“星姐，只要我能办到的，你只管说，比如你不想下楼了，帮你打印复印买个东西，我都行，不一定非要你买卖房子。”

我有点诧异，但还是笑笑，算是认识了。

2

后来有一次，我看他朋友圈写的，自己不是暂时生病，而是从小就有一种病，让他直不起后背，走路也有些不稳，这样的身体条件，让他日常生活、工作有很多困难，但他还要努力，觉得自己不能认输，自己的路要自己走。

我有一点点感动，想到之前很多次，我在群里问什么他都会单独给我一个回复，有时候我也没太注意，或者只是说了一个谢谢。我记得有次太累了，想做个按摩，问问附近哪里有按摩店，他像个机器猫一样，给我发来一堆附近按摩店的地址和电话。我问他怎么会有这么多信息。他说："我们做中介，就是做服务，客户交代的事情，必须尽最大努力去办，当成自己的事情去办！服务好了，老客户、老业主、老朋友才会越来越多！共过事的资源，想抢都抢不走！在哪儿干，我都是最努力、资源最多的！"

我见过无数的中介，但他是我见过的最认真最努力的人。用他自己的话来说，他身体不好，工作有很多限制，所以必须特别特别努力，才能勉强跟别人做的一样好。要是想做到最好，就要比别人付出更多更多。所以对他来说，这份工作不仅仅是卖房子，还有交朋友，照顾和帮助好每一个客户大事儿小事儿，才能换来更多的信任。

3

后来，我从朋友圈里发现他换单位了，还是做中介，但去了一个做公寓的中介公司。

刚开始他每天都会发一些当天带客户看房的心得，但可以看出来，炎炎夏日，基本上都是干晒着，没人签约。我甚至有点心疼他，那么热的天，我在家不开空调都热得不行，他身体不好，走路也不方便，带着来来回回看房得有多累啊。

可过了几天，每天的朋友圈里，他都会晒出一两单签约信息，然后是两三单，现在几乎每天都出五六单，成为新公司的业绩第一名。

说真的，我们总共见过一次，微信交流不超过十次，但就是看他的朋友圈，一点点开始感动。可以说，我几乎是看着他一点一点从新人做到业绩第一。

4

之所以想把这件事写出来，是因为我被这个中介感动了。

在朋友圈里看到一段话："大多数痛苦来源于：野心到位了，能力没跟上；欲望到位了，钱没跟上；期待到位了，感情没跟上。"

在这个到处都宣传着月入十万、年入百万的时代，很多人为了金钱，慌不择路地消耗着自己，互相厮杀和撕扯着，那种一心一意努力奋斗的人被当作笑话，被当成是鸡汤，被人不屑一顾。

人人都在仰望着头顶的大咖，渴望早日成为像他们一样有钱有名的人。很多人都把自己打扮成牛哄哄的样子，做个自我介绍都能写一页纸。

没人看得起普通人，没人在乎普通人，但就在生活的角落里，很多我们以为的普通人，都在用自己的方式拼命努力。就像这个中介朋友一样，他甚至没有你我行走自如这一最基本的身体条件，但却在我们躲着炎炎夏日在空调间里偷懒午睡的时候，拼出了自己的一条条路。

很多人说，自从辞职后，我变得越来越低调了，别说新书发布会或参加活动了，就连日常约吃饭都特别困难。

其实不是我低调，而是辞职后看到了太多以前看不见的东西，对周围的一切心生敬佩，惶恐地感到自己的卑微。我仰慕大人物，但现在更钦佩身边的普通人，因为每个人身上都有至少一个特别棒的优点，值得我倾全力去学习。

去年一年，我没有出书，很多人问我在干什么。除了工作，我就是在观察周围的人和事。而且在这个浮躁又天天谈“站在风口，猪都能飞上天”的时代，周围很多人辞职，被裹挟进各种风口里。他们很多人赚了大钱，成了名人，我经常能在各种地方看到他们穿着正装的大海报，但在心底，我越来越钦佩那些值守在自己岗位上，认认真真做事的人。

比如这个说话没超过十次的中介朋友，他让我在这个人浮于事的环境里，重新想起了“拼命”两个字的含义。

比如我妈的手术主刀大夫，他所有的成就感，不是成名赚钱，而是病人康复回家，以及自己又攻克了一个医学难关！每一次跟他交流，都感觉精神被洗礼了一遍。

又比如之前见过面的Toni，一本国际教育杂志的主编，在饭桌上聊起这些年她经历过、采访过的家长和学校的故事，我被她深深迷住。

我愈发喜欢这样的人，不被所谓的风口随便带走，在自己的岗位上深挖一口井，涌现出让人钦佩和欣赏的味道。

这是我目前特别缺乏的素养和耐心，或许也是这个时代大家都缺乏的。

之前有一个高三老师的“最燃”演讲特别火，主题是“人生很贵，请别浪费”。这八个字特别击中我。**在这个时光如金时代，不要让未来的你，讨厌现在的自己，用尽生命的每一刻拼搏，你才不会后悔。**

希望在未来的道路上，你我同行，奋力前进，无怨无悔。

目录
CONTENTS

第一章　积极努力，生活不会亏待你

生活属于积极努力的人，只要你努力，只要你拼搏，生活是绝对不会亏待你的。你要知道，生活是最公平的，你的付出，生活是会看在眼里的；你的偷懒，生活也不会视而不见的。

第二章　你最重要，活出自己的价值

在这个世界上，你是最重要的，你要明白自己这独一无二的价值。人来这世间一遭不容易，在这趟单程旅行中，你要活出自己无与伦比的价值，让自己的梦想，在现实世界中开花、结果。

第三章　余生很贵，别在琐事上纠缠

余生很贵，真的很贵，贵到了我们要拿自己最宝贵的时间和精力去对赌。你要明白自己的价值，你要明白自己的身份，你要明白自己的理想，不要在细枝末节的琐事上纠缠，去做你重要的事情。

第四章　意气风发，让生命为你喝彩

用自己的双手，用自己的汗水，开拓一段意气风发的人生吧。天高任鸟飞，海阔凭鱼跃，只要你有能力，只要你肯努力，这个世界为你准备好了足够大的舞台，你就是舞台上最闪耀的主角。

第一章

积极努力，生活不会亏待你

生活属于积极努力的人，只要你努力，只要你拼搏，生活是绝对不会亏待你的。你要知道，生活是最公平的，你的付出，生活是会看在眼里的；你的偷懒，生活也不会视而不见的。

“去年一年，我挣了 1000 万！”

1

有一年过年的时候，跟朋友们一起聊天，一位朋友说：“去年一年，我挣了 1000 万！想想真刺激，这些钱按照我以前工资算，要赚 40 年。去年辞职的时候真的很害怕，怕自己活不下去了，但真的把自己扔大海里，没人管自己死活了，才能拼命地游。”听了后半句，我莫名地点头！

我也是个辞职了的人，对此深有体会，辞职后的自己，简直就是个永动机。人不逼，也能自觉地拼命。

当年从超稳定的跨国公司辞职，放弃了优厚的待遇和福利，还赶上了怀孕。所有人都说我傻，都劝我干吗不休完产假再辞职，很多人都这么干。对我来说没别的，就是不好意思。

刚辞职的时候，我特别惶恐。那时候我的收入只有稿费，虽然收入比工资高，但稿费不能发一辈子，过几年书卖得不好了怎么办呢？

我是个特别特别没有安全感的人，危机感非常强烈。我总会问自己，如果不干现在的事儿，自己还能拿什么赚钱？

就是因为这样的想法，我开始拼了命地拓展自己的能力，学更多能赚钱的本事。我给自己画了一张图，写出了自己的各种能力，以及用这些能力能做什么来赚钱，那些还不够有能力的地方，自己该怎么拓展和弥补。

2

这两年，我连着生了两个孩子。工作上，因为身体和生孩子的原因，我一直在尽力，虽然还有很多地方做得不到位，但我能说我已经尽了自己的全力。

有一次助理问我："星姐，你这么拼，到底为了什么？真是谁都熬不过你啊！"我想了想，我之前以为是为了挣钱，现在感觉不是，对于现在的我来讲，是为了野心。我的野心不是能挣多少钱，而是我能够成为一个怎样的人，以及我思维方式的变革和能跃迁到怎样的地步。

尤其最近一年，是我人生中思想和环境变革最大的一年，相对于钱来说，我为自己不断跳跃变化的思维方式感到激动，特别享受这种每天刷新三观的感觉。

以前看到这样一句话："一个公司想要成功，需要领导做 100 个正确的决定；而想要失败，做一个错误决定就可以了。"这就是我现在的生活，每天都面临这样的决策，对对错错谁知道，都是闭着眼睛押宝，押中了皆大欢喜，押不中，一晚上冥思苦想到底哪里出问题了，为什么会这样。

辞职一年半，头发白一半，我的生活发生了翻天覆地的变化，在一次次失败和失落的背后，我变得越发开拓进取，胆大创新，敢于尝试，迎难而上。我观察周围的每一个比我强的人，向他们学习。不是学习空口无凭的“努力”两个字，而是学习他们的思维和逻辑，对比出自己的弱势和不足。越对比越发现自己的不足，想学的东西也越来越多。

3

可能你要说，别老说辞职，不是每个人都能辞职的，难道上班的就只能拿死工资？

我的朋友小 A，白天上班是总裁助理，拼命做到最好。晚上下班待孩子睡觉后，就是她自己的时光，她会写书法，也会做好看又超牛的 PPT，她用自己的两项技能，下班后接各种活儿，拼命赚钱，一个月的收入比上班还要高。

她第一次月入 10 万块的时候，兴奋地跟我分享。我跟她说：“把每笔钱都记下来，每年总结，你会发现，你每一年都打着滚地增长钱，这就是你的进步。”

我们都是两个孩子的妈妈，我们都在午夜的时候还在拼命打字和努力，我们都在工作与家庭的平衡中不断摇摆。我记得她每天晚上跟我聊天；记得她每次遇到困难时的难过和沮丧；记得她工作遇到问题时的低沉与消极，她跟我说：“我现在的每一天都非常拼命，五年前我特别鄙视这种生活态度，但现在我有两个孩子，我要挣钱。”

这两年社会变化飞快，周围越来越多的人，下班后继续挣钱，或者继续学习，积攒自己赚钱的能力。

在这个变化非常快的时代里，一份上班时稳定的收入，外加下班后需要自己拼力去做的事情，员工和老板的身份随意切换，调动着自己全部的潜能一起发力，越来越多的人，过上了第二人生。

4

有一篇文章，其中一段这样写道：**“普通人做事总是把‘不伤害自己的感情’放在首位，一天到晚担心这个害怕那个，特别脆弱。如果一个人能克服这些弱点，明确知道自己是谁，自己想要什么，应该怎么去做，他就会非常坚定，对生活就有掌控感。”**

我觉得，这就是我这两年越来越进入的状态，知道自己想要什么，越来越努力地成为自己想要成为的人，慢慢做到自己想要做的事情。我喜欢这种不稳定的生活能带给我的快速成长和压迫，它让我学会在连滚带爬的世界里，如何踏踏实实地赚一份安心钱。

我对自己有几个要求：忘记自己对别人的好；记住别人对自己的好；忽略别人的缺点；学习别人的优点；开放心态，尝试新鲜事物，永远向年轻人学习新经验新技术；低调，不装 ×，接地气，不挑剔；每天都要赚点钱。

你呢？

那些年入百万的年轻人，到底比你强在哪儿

和一个做传统媒体的朋友聊天，他问我："现在新媒体这么火，很多年轻人都靠新媒体赚了很多钱，但这事儿并不长久啊，风口过去就什么都没了，你们这些做新媒体的，不害怕吗？不想未来怎么办吗？"

以前我也觉得这件事儿不长久，每天都挺担心未来的，毕竟一直都在上班，朝九晚五，特别稳定，这种明晃晃没人管的日子，总归是心里不踏实。但现在想来，哪有什么长久？即使是朝九晚五的工作，做得不好也一样有被开掉的风险。

今年做得还不错的事情，可能明年市场一变就什么都没有了。总在追求稳定和没风险的我们这一代，明显已经被现实啪啪打脸了。

作为站在新媒体中心的人，我做这行已经快十年了。从 2008 年刚有博客开始，无论是给客户做还是给自己做，每天都能看到很多年轻人涌入这个圈子。但机会，永远都属于先行者。

这世界哪有什么长久和不长久，不长久的是每一个风口，但长久的是每一个风口都紧紧抓住，并能够把握机会做到最高点的人。即使

有一天这个风口消失了，不再好了，他们只要转换到一个新的平台一样能过得很好。

新媒体确实是个风口，但并不是任何一个人站到风口都能飞起来。我曾经也为他们担忧，担心这些没有什么工作经验的年轻人，有一天风口不在了该做什么呢？当我的朋友问我会不会害怕的时候，我突然发现，我们这一代人所担忧的，正是我们比起年轻人最为缺乏的一些品质。他们并不是胜在所谓的风口，而是胜在以下这五点：

1. 因为不稳定，因此快速学习更多领域，不断给自己创造机会

我们这一代人，也曾经在毕业的时候勇敢地选择外企私企，以为会面临风起云涌的刺激生活。但其实，十年之后，每个人追求的还是稳定。选择之前，总在想能做多久，如果过几年就不稳定了，宁可不开始。也就是这个想法，让我们离财富越来越远。

而那些年入百万的年轻人，他们知道自己做的事情不长久，因此拼命抓紧时间学习和开发更多领域的机会，不断地给自己创造可以盈利的地方。善于动脑筋，而不是坐在办公室里天天聊微信，一副养老状。比起我们，他们比我们更清楚，这个时代的成功，属于有能力又能赶上时代的人，而不仅仅是上班不迟到、争当好员工的人的天下。

2. 遇到机会和风口，迅速学习相关知识，乘上大趋势的顺风车，实现爆发式成长

新媒体运营领域，最有名的两个人粥左罗和杨坤龙，他们都是通过普通的新媒体工作机会开始接触这个行业的。起初他们都是月薪几千的小编而已，但善于发现机会和风口的他们，迅速学习相关的一切知识，并辅之以大量的实践和操作，让自己迅速成为业内专家，从而给自己打开了一扇新大门。

有一个颠扑不破的商业真理是:“人在哪里,致富的机会就在哪里。”当新媒体成为整个行业大趋势的时候，乘上大趋势的顺风车，再加上过硬的技术，成功一定跑不了。

3. 善于抓住自己的所长，发展到极致，他们已经不接受按部就班的升职加薪，太慢了

李欣频说过一句话：“建立自己的风格与专业，把自己当作一项事业，当成个人品牌来经营，创造自己名字的价值，帮自己建一个别人拿不走的身份，而不是社会价值下的职位。”

这是李老师十年前一本书上的话，在今天成了全民热潮。几乎所有的年轻人，都在努力地打造自己的品牌，并努力发挥到极致。新媒体运营、内容创业、知识变现、社群营销……每个领域玩得好的人都能赚钱。他们已经不接受按部就班的升职加薪，太慢了。

4. 敢于给自己投资和投入，业内学习氛围浓厚，经常举办沙龙活动，互相交流，资源互换

当今什么最火？知识变现！那知识从哪里来？学习！作为新媒体圈子的人，如果只是有两把刷子，根本不足以让自己变现，敢于给自己投资和投入，让自己变得更加跨界和优秀，是这个圈子的首要资本。

做新媒体的人，谁没有买过一把一把的课程？只要能听到一条对自己有用的信息，都如获至宝地珍藏起来，而不像我们大多数人，总是自视清高，拒绝与他人分享交流，总觉得自己才是最好的。

5. 敢想敢干，很多机会和位置都是自己想的，自己造的

新产品、新玩法总是那些敢想敢做的人，冒着巨大的风险开始做的。我也遇到过几次做新平台的机会，但每一次都心惊胆战，总想等着别人先做稳定了自己再开始，害怕出错，害怕失去，害怕承担风险。

但这些年轻人不怕，并且乐此不疲，甚至于他们还会给自己创造机会。我第一次听说公众号有助理，有排版师，有校对，有选图员的时候，也惊呆了。但不得不说，这确实有很大的市场需求，并且机会很多，市场缺口很大，好内容难求，好助理、好运营同样高薪难求。

以前我觉得，在年轻的时候得到大量的财富，也许并不是一件好事，因为未来也许有一天没有钱的时候，就会过得很艰难。但反过头来想，能保证自己一辈子都有钱的，是能力，而不是时光和某个职位。

这些年轻人也许是幸运的，在他们年轻的时候，遇到一次千载难逢的好机会。但这个机会其实是全民的，是所有人的。让他们成功的不是风口和机会，而是他们调动了自己所有的积极性和热情，让自己在这个风口下有十足的竞争力，从而取得了人生跨越般的成功。

我跟开头的那位朋友，从小都是好学生，害怕风险，一步步地规划好自己的人生，从不出错，怕失去机会，做事情畏首畏尾，总要确定了没风险才会开始行动。我们曾经在职场上特别努力地打拼，也不过挣那么几千几万块钱。但面对新的时代，更多年轻人的快速反应，敢于冒险和挑战，疯狂学习与互助，这才是我们最应该学习的。

有句话说：当今社会的成功，不再是按部就班的努力，而是长时间的积累 + 时代的洪流和风口，只有这样才可能实现开挂一般的人生。

没错，就是这样。

破格升职加薪的人都干了什么？

小 A 在微信上狂炸我，为了跟我说一句话：“有个公司出年薪 130 万挖我去，你说我去不去？”

我觉得她是在显摆，但我不得不承认，前几年还跟所有人一样沉默在办公室格子间里的小 A，这两年成了职场炙手可热的红人。公司几千人，那么多业务组都在争抢小 A 每天的时间，即使下班后都电话不停歇。即便在大的经济环境不好的今天，她不仅年年升职加薪，而且加薪幅度都不小，同时外面还有各种公司的橄榄枝在向她招手。

作为曾经跟小 A 一起奋战的同事，我们一起熬过了很多个不眠夜，也在一起吃了很多外卖，一起胖了很多斤，但也同样知道，小 A 的人生为什么突然开了挂。

小 A 是做创意的，算是个资深创意。虽说外企没有事业单位稳定，但小 A 的日子过得还不错，每月几万块钱到手，客户做久了也没什么大挑战，每天就是想想点子开开会，日子过得风平浪静。

但有一次的创意会，一向被客户信任的她，被新来的95后小鲜肉们抢了风头。会议结束以后，客户还专门提到，这几个孩子以后最好能转正了，现在的产品都走年轻化，就需要小鲜肉们的脑子。灵光好使反应快，稍加训练一下，绝对是做创意的一把好手。

那天一直被客户信任的小A第一次失宠了，甚至客户都没正眼看过她。一直觉得自己还挺有能力的小A，第一次感到了内心深处的恐慌。职场危机，第一次逼到了她的面前。想明白之后，小A突然辞了职，开始给自己加码，先是跟小鲜肉们打成一片，混在年轻人中，她才发现自己居然都这么Out了！接着，她又报考了Top2大学的MBA，跟各行各业的牛人们一起上课，才知道自己以前的眼界多么狭窄。最重要的是，她不仅开始在创意上精耕细作，还经常去学习一些看似与创意完全没关系的内容，比如金融、天文、医学、技术，甚至学会了写代码。在她看来，作为一个创意，跨界是未来的方向。一个只懂创意但不懂行业的人，根本无法为不同行业的客户想出真正适合的创意。

这几年，狗都没有小A累。一把年纪的准中年妇女，每天活跃地出现在京城各种年轻人的活动上，没完没了地上各种课，听各种讲座，飞到世界各地去参观学习，把工作十年攒下来的各种带薪假期都烧光了，钱也烧差不多了，请我吃饭都从人均300元大餐直降为人均5元的路边土豆粉儿了。她总告诉我，她会赚回来的，人均300元的饭一定还会有的。

两年后再次回到职场的时候，小A已经成为一个跨界达人。无论知识储备、专业能力、人脉关系，都甩了以前的同事几百条街。现在的她，天天马不停蹄地跑，各个业务组都供着她等着她，新客户项目都要先听听她的想法，老客户开会都要问问她的时间行不行。

小A跟我说：“以前我觉得做好一个创意就够了，专业能力最重要。后来发现，自己并没有真的做到很专业，反而画地为牢自己钻进去不肯出来，以为这就是自己的安全线。舒适区待久了总会遇到入侵的猎豹，真的走出来才发现，做好专业，并从专业中跨界出其他能力，才是现在的职场需求，自己傻了整整十年，终于醒悟过来了。”

然而，话说回来，跨界听起来简单做起来难，做不好就变成大劈叉。想要在跨界上做出一定的成绩，到底该从哪些方面入手呢？爱显摆的小A给出了下面的几个秘籍：

1. 把自己的专业做扎实，再去考虑跨界

有一个绝对拿得出手的专业能力，是跨界的基础，就像周杰伦唱成亚洲天王才去做电影。一个没做好就去抓另一个，结果看起来好像什么都会，但什么都做不了。

2. 知识体系的交融

人总习惯去接受自己喜欢和想要的东西，而拒绝陌生与困难的事情。让自己学会接受，学会迎难而上，重新捡起少年时的勇往直前，是知识体系交融的重要思维方式。

3. 人脉关系的互换

我以前特别宅，不想见人，但有时候迫不得已与一些人交流后发现，每个人的闪光点和擅长的领域，简直是自己大脑的兴奋剂。通过认识一个人，了解一个新领域，简直是再划算不过的事儿。

4. 归零的意识与行动

人越大越不容易谦虚，以为自己已经知道了全世界，好为人师、刚愎自用、封闭内心、画地为牢……这才是我们在职场越来越没有安全感的诱因。

现在，我也在向小 A 学习，夯实自己的写作基础，逐步跨界到不同的领域去探索。我跟人学习服装行业的知识，与理财保险公司的朋友学金融知识。**最让我感到有成就的，并不是赚了多少钱（倒是花了很多钱），而是自己通过跨界的学习和探索，脑子里不断生出新想法、新目标。**

我终于明白了为什么自己经常患得患失，是因为自己一直在原有的圈子里打转，人生没有什么进步所带来的不安全感。现在，这种通过跨界学习带来的成就感，不仅让我内心充实，更让我找回了消失许久的心安。现在的我，每时每刻都充满了好奇心，把自己的内心归零，看到周围的一切都感觉到新鲜有趣。

我从来没想过，有一天我会变成自己曾看不起的样子

有一个周五，晚上工作到深夜，周六凌晨 5 点睡觉，8 点起床，去幼儿园参加课程说明会。我困得要命，强打着精神听课。看着周围不时提问的家长和他们认真关切的表情，我突然意识到：天哪，我居然为了孩子这么拼。

我从来没想过，有一天我也会变成这样。

10 年前，我觉得结婚生孩子太可怕了。那么多人把孩子放在心头第一位，什么苦都能吃；那么多家长为了天价学区房打破头……我觉得他们都“有病”，我才不要过那样的生活。再说了，不知道什么时候才能遇到想让我结婚生子的人，万一有了孩子以后生活一地鸡毛，那还不如单身好呢。

结果 10 年后，我变成了“有病”的样子。

以前特看不上那些无论干什么都老想着孩子、将孩子放在第一位

的女人，觉得她们生个孩子就完全没了自我，根本想不起来自己。一个女人为了孩子失去自我，或为了家庭失去自我，是件特悲哀的事情。那些人为了孩子上学跑断腿，买房卖房，甚至不惜跟着孩子到学校周边租房，一到周末就陪孩子上各种培训班，还乐此不疲。在我看来她们跟神经病似的，至于吗？

我曾发誓，要做一个拥有自我、爱自己、独立的妈妈，不把孩子放在心中第一位，要以整个家庭为重。积极发展自己，孩子差不多就行，不要求太高。

现在，我有两个孩子，孩子的事就是全家的头等大事。自己生病随便买点药吃吃就熬过去了，孩子生病10分钟之内送到医院；自己买衣服少一件也没关系，但孩子的衣服只能多不能少，而且都是最好的；为了孩子的幼儿园，积极关注了七八个幼儿园的公众号；开放日活动一个不落，申请和面试幼儿园认真谨慎；为了家长的英文面试，还报了几万块钱的口语课；孩子才两岁，早教班和艺术课就排得绕着北京全城跑。

对于这一切，在我以前的心里，完全是持否定观点的，这都是我曾经从来不会理解甚至看不起的东西。然而，却是我现在的样子。

表妹生了一对双胞胎，她曾在朋友圈里写道："原本我也是一个有起床气的人，可现如今，我一晚上被哭声闹醒4次，并且顶着头痛一晚上哄孩子到天亮。这坚强的意志，把我自己都惊呆了。"

有时看到很多年轻的朋友说不想结婚，更不想要孩子，为了结婚和生孩子的话题，跟父母吵得天翻地覆。我曾经也是这样的人，抵抗婚姻，抗拒小孩。只是现在，当时间把我推到这个位置，当我遇到真爱，并顺理成章地有了孩子，我才明白，**其实人生每一步都是一个新世界，而每一个新世界带给我们的都是全新的人生体验，都会带给我们对自身、对生活、对家人更深的思考和越来越无法言说的爱。**

当然，你也会发现，自己居然变成了曾经不想变成的样子，但这个样子在今天看来，不仅熟悉，而且透着生活里的烟火气息。第一次做妈妈，第一次被当作家长，第一次拉着孩子上培训班，谁说这一切不意味着自己的人生又有了新的征程？

现在我已有两个孩子，老大天天妈妈妈妈地叫个不停，老二睁着大眼睛天天看摇铃。有几天老公感冒去客房睡觉，每天晚上我都左拥右抱。半夜醒来给老二喂奶换纸尿裤，老大都会醒来，在旁边困呆呆地靠着我，迷迷糊糊地递给我纸尿裤。说真的，半夜醒来折腾一小时，很累很累的，经常喂奶喂到奶瓶都掉了。可谁说，这又不是最温暖的时光？而且，一辈子只有那么一年。

在一次分享会上，有人问我：“星姐，你觉得自己当妈妈之后，最大的改变是什么？”

我说：“我觉得我终于变成了自己曾经很看不起的那种人，为了孩子奉献自己的一切，为了孩子能上好学校、能有最好的一切而努力拼搏。凡事都想着孩子，吃个西瓜最甜的中心瓤一定想着留给孩子。以前，我以为自己绝不会变成这样的人，为一个只会花自己钱的小东西做出这么大的牺牲，简直就是傻。但现在我明白，这不是牺牲，这是一种天性使然，我们的父母也曾这样对我们，每一代的父母都是这样，一代代，熬过每一个春夏秋冬。即便今天，我变成了自己曾经特别看不起的那种人，我也觉得特别幸福和安心。”

不是工作不好学习没用，是你没用！

· 不是读书没用，是你没用

朋友小 C 又开始跟我抱怨了，还是老三样，工作两三年了，薪水还是一点点，这个行业就是这样，活儿多事儿多就是钱不多。周围的同事都是那么一点点工资，真不知道是什么精神在支撑着大家，这样干下去，十年八年还是这个样子，怎么买房买车养孩子呢？

我问她：“我听说你老板年薪几百万啊！而且我有朋友也做这个行业，算是你们业界翘楚了，第一年年薪就 40 万了。”

小 C 说：“那倒是，但我老板很辛苦啊，至今未婚。而且这些都是极个别现象，大部分人都没有这么高的薪水啊！”

难道这个世界不就是一小部分优异者得到更多，大部分普通人都一样吗？哪个行业不是这样呢？

我问小 C：“那你觉得你老板最大的特质是什么呢？”

小 C 说：“工作狂，不要命，特别能投资自己去学习，她的钱估计也没剩多少吧，但学习到底有多少用不知道，我平时也挺爱学习的，不过感觉对工资也没啥提升作用。”

哦，我想起了一个大咖的微博里，有个读者说他：“读书根本就没有用，我读了那么多书，还是月薪 3000 元起，你这个骗子。”

大咖回复他：“不是读书没用，是你没用！”

· 看待问题的眼光和角度，决定你的未来

有一次跟朋友吃饭，朋友跟我说：“星姐，你微信里推荐的那个理财课程，我去年年底上了免费课，之后又上了很多他们的其他课程，现在开始投资美股了，收益 10% 都多。虽然我没你赚钱多，但我有信心通过投资超过你！”

完，这是遇到一个炫富的。我想起当时他学习其他课程时，我还帮他找过一些优惠券什么的，没想到这么快就发家致富了，我心里盘算着 10% 也太高了，嫉妒死了啊，只好打趣他：“我就没偏财运啊，太惨了，上帝就让我老老实实赚钱，为啥我一进股市就狂跌啊。”

朋友接着跟我说：“一看你推荐我就得剁手，我都不敢看你文章了，完全抵抗不了。就说你以前推荐的那个英语，你学了好几年那个。我现在学了半年了，前段时间公司选下半年外派美国的人选，虽然我没有你好，但口语进步得我自己都惊讶，妥妥地能去，没问题。”

我经常会收到很多读者的来信，表示经过我的推荐学习了什么内容，自己怎么做的，取得了什么进步，特别来感谢我。其实我特别高兴，不是因为你相信了我，而是因为你愿意为了改变自己去试一试。

每次分享学习内容，有人觉得是广告，骂一句走人，有人认真看

内容试听报名天天上课学。其实，看待问题的眼光和角度，已经决定了你的未来。

· 是你没能耐赚到钱，还是这个行业就没钱

我曾写了条微博，内容是："经过了做自媒体的锤炼，等过两年孩子大了，我下岗再就业的时候，我就去做广告文案，专门写广告词，写一个扎心一个，写多少都有词儿……写自媒体广告太锻炼人了，脑子快，打字快，掏心掏肺都是爱。所以说，不是工作不好，是自己无能，任何工作都特别锻炼人。"

我有做保险的朋友，25 岁就做到了某外资保险公司中国区大区经理。

我有做营销的朋友，25 岁做到了中国区最年轻的总监。

我有些 90 后的朋友，不乏年薪几百万的佼佼者。

我有写书的朋友，第一本书就畅销百万，满世界转悠。

我们习惯性地用自己的想法做判断，以为自己不行，就是大家都不行，行业也不行。自己不学好、不明白、看不懂，就说学习没用或读了一本烂书。

是你不行，还是别人不行？是你不行，还是整个行业都不行？是你没能耐赚到钱，还是这个行业就没钱？

十年前觉得，一定要去世界 500 强，一定要做外企高管才能走上人生巅峰。年纪大了，认识的人多了，看的事情多了，才知道公司再牛，都不等于自己牛，**任何行业都有数一数二的高精尖人才，就看你是不是足够有心做到那一天。**

我听说过一个故事，一位电商的送货小哥，干得久了把一个小区经常购物的客户都集中在一个群里，每天电商有什么特价活动，他在群里统一发布，很多老头儿、老太太成为他的忠实用户，每天就等着他发信息，买买买等送货。同样是快递送货，同样是面对一把用户信息，多动脑筋、多用一点心，结果就大不相同。

我也曾工作十多年，十年当中也遇到过各种困难，但每次我都抬头看看前面的前辈，不是他们多有钱（当然他们也很有钱），而是他们多有才华和能力。

比起他们，我努力了吗？我每天是在苦心钻研业务，还是为了应付客户？应该有的知识储备的书单都读了吗？公司的培训都参加了吗？业内大咖的分享都去了吗？有积极思考和主动出击吗？还是得过且过，当一天和尚撞一天钟？在年底的时候，看到别人公司发20个月薪水当奖金就开始吐槽了吗？

我们每个人都想要钱，觉得自己入错了行大多是因为钱挣得太少了，但大多数的人挣不到钱，只是因为，你不行！

如果你觉得自己混得还不错，就让中介带你去看看房

楼市又开始疯涨，朋友沙拉在看房，她曾在朋友圈写过这样一句话：“如果你觉得自己混得还不错，就让中介带你去看看房。”

看完这话，大家都在笑，简直一语惊醒梦中人。

我有挺多朋友是房产中介，我特别爱看他们的朋友圈，随便翻翻照片，看看里面的漂亮大房子，想着什么时候自己能奋斗出一套来，就感觉特别振奋。有几个卖别墅的朋友，每次看他们发上亿的豪宅，虽然买不起，但看看还是很励志的，别墅那么大的院子，得种多少大白菜啊。

看着房价疯涨，那些之前买了房子的人都舒了一口气，没买的又开始捶胸顿足。曾与好朋友老高聊起周围一些朋友，他们早年买了好几套学区房，现在赚得爽死了，自己怎么就没这么好的命？老高说：“不是因为他们命好，是因为他们有眼光，有胆子，有魄力。”

这话说得很对，我至今都后悔，当年买房子时没什么钱，只买了能力所及范围内的房子，没跟亲朋好友借钱。4 年时间，我买的房子的市价已经翻了 3 倍，倘若当时我肯承担风险借钱买大一点的，现在我也早就资产上千万了。但当时不敢，因为不知道未来能赚多少钱，什么时候能还清，自己单身一人无依无靠在北京，没人能帮忙，谁知道未来会怎样？说到底，还是对自己的不自信和惶恐不安。

一个朋友在青岛买房，因为看上的房子装修很好，因此贵了 30 万，姑娘很是惶恐，感觉太贵，心慌得不行，怕自己未来承担不起。这让我想起我第一次买房的时候，25 岁，平时买衣服最多也就几百块钱，看房时也没啥感觉，签合同的时候发现买了一个上百万的东西，上百万见都没见过，只是一份贷款，想想自己以后也是要还贷款的人了，内心特别惶恐，感觉社会像一个血盆大口，把自己吸了进去，自己就这样变成了一个真正要在社会上打拼奋斗还房贷的人。

很多人说这年头房价高得卖血都买不起，不靠父母不可能。吐槽房价和楼市的文章很多，看得让人心脏疼，并且感觉内心特别灰暗，越来越绝望。可事实上，我并不喜欢这样的文章，因为吐槽并不能改变事实，也不可能为你降价，只能让你越来越没动力从而越来越买不起。相反，每次我发与房子相关的文章，后台总有很多粉丝说起自己一点点奋斗来的房子和家，他们一点一滴靠自己的双手奋斗出来的第一套、第二套房子……真的，我特别感动。这个世界上不是只有最 Top 的人才有希望，我们每一个普通人，只要肯努力，都能得到自己想要的东西。

有一位姑娘，买了五室三厅跑来跟我讲述自己的奋斗故事，现在她已经怀孕了，正在等待宝宝的降临；还有一个姑娘签了买房合同，买下了在北京的第一套房，激动得跑到豆瓣跟我分享，并发誓我们一起好好努力，争取早日还完房贷，再买更大的！每次看到她们，我都会觉得，**真正的励志，并不是什么鸡汤文，也不是迎合大众的吐槽，而是我们每个人通过一点一滴的努力而得到一切的生活。**

有一部电视剧，里面好像有这样一段话，你买一套房子，其实买的不是房子，是你的野心，当你有了野心，你就会拼命地生出钱来。我表妹自从在北京买了房，300万房贷在身，以前周末都吃喝玩乐泡夜店，现在认真工作周末加班兼职挣钱，有时我跟她分享一些房产信息，她看看跟我说："姐，我要努力，以后我要买别墅！"

人最可怕的不是有钱，而是有野心，有了野心那就什么都挡不住。

作为一个女生，我最大的爱好不是包包化妆品，而是房子。我没钱买下所有我喜欢的房子，因此我一直以来的梦想，就是当一名房产中介，带别人去看房子。我曾去家门口的房产中介应聘，他们问我为什么想做这个，我说："因为我觉得不管买卖还是出租求租的，每个人都在期盼一种新的生活，每个人都充满着对未来的期盼，我喜欢那种朝气蓬勃的眼神和感觉，更喜欢看他们一掷千金的样子，感觉就好像我很有钱一样。"

可很久不上班的我忘了一点，应聘不能说肺腑之言，结果，他们没要我。

有人问过我：星姐，为什么要拿几百万去买房，租房有什么不好？

以前我也觉得租房多好啊，随便租，再贵的房子也比买房花的少得多啊。后来我明白了，房子对于我们每个人，不仅仅是睡觉的地方，更是一个家，一个温暖的寄托，一个安心的所在。不愿再颠沛流离，不愿再被房东开玩笑一样的涨价所困扰。中国人对房子的眷恋，自古就很强大，买房置业安家是每一个人开始独立稳定生活的象征。我们买房子，其实买的不是一个空间，而是一份对美好幸福生活的期盼和希望。尽管会让我们背上几百万的房贷，尽管会让我们在一段时间内过紧巴巴的生活，但一砖一瓦、一草一木装饰起来的大的小的房子，是我们能在这个城市受伤之后蜷缩起来的角落。万家灯火，每一个窗户里透出来的灯光，都是不同的人生故事，它们像一个个剪影，搭建起我们的整个人生。

看着朋友圈里的人，一个个都在慢慢开始讨论买房卖房，直播自己的装修进程，晒搬进新家开暖房派对的照片……突然觉得，我们都长大了，我们都开始安家立业了，我们从插科打诨的少年，变成了正正经经的为自己的野心买单的人。

我的一个房东说过："年轻人就应该有野心，敢为野心买单，这样你才有向上的精神和动力。我已经 50 岁了，到我这个年纪只想在家里窝着，什么都不想动了。如果你怕累怕辛苦怕麻烦，那你就开始老了。"

虽然并不是鼓动大家都去买房，但当时听了这句话真的很受鼓舞。

看到了一个朋友写的一段话，很有感触："也许温情就是加班至深夜回家，有人在等候，再抱着反正已经很晚、再晚一会也没关系的心态，说说工作，聊聊家中琐事，定一下明天谁送小孩……都是寻常人家，家国家国，先经营好我们的家。"

愿我们每一个人，都在自己的城市里，拥有一个能让自己安心睡觉、放声大哭的幸福的家。

读遍了所有的鸡汤，你怎么还是这么“丧”？

· 丧，是大多数人每天的生活常态

周末朋友一起聊天儿，谈到了当下的房子限购，这让周围的很多朋友纠结不已。明明已经攒够了首付，明明可以买一套商住楼先住着改善生活条件，明明条件刚刚合适了……一夜之间什么都买不了了——就像刚签了合同又被不可抗力解约一般痛苦。天上地下，好几个月缓不过来。再加上工作平稳没什么特殊成就，生活里总有些不顺心的事儿。丧，就成了生活中最大的情绪和状态。

以前有个词叫“小确幸”，特别火，是指生活中微小的幸福；现在有个词叫“小确丧”，也火了，是指生活中难过失败的小事情。虽然不是重大的人生失败，但足以让自己心力交瘁到失望和无力。

上班迟到了、客户不听自己说话、减肥永远都失败、买不起房、碌碌无为、升不了职、每天都好像在混吃等死……每个人都讨厌鸡汤，讨厌励志，但励志类的书永远在畅销，为什么呢？因为“丧”，是大多数人每天生活的常态，哪有那么多的成功，让每个人天天都神采奕奕？

· 每个人都“丧”，只是不让你看见罢了

曾读过一篇文章，叫作《丧 × 简史》，其中有一段话这样说的：“众多研究机构均证明：使用社交媒体的时长越长，人们对于生活的满意度越低，因为当看到他人光鲜的生活时（哪怕是精心修饰甚至伪装的），大家难免会觉得自己是个 Loser。因此，即便人类在物质方面拥有了极大的丰富，但随之而来的竟然是一种挥之不去且愈显强烈的‘一无所有’的感觉，以及对这种感觉的恐惧。”

以前有一篇文章叫作《不要打扰别人的幸福》，讲的是不要用自己对幸福的定义，去定义别人的幸福。比如你自己开宝马，但别说别人骑自行车就是人生的失败。但互联网，让这一切都反过来了，没人打扰你，是你自己贱，非要看着别人对比自己。

以前有 QQ 空间和微博，现在有微信公号和朋友圈。大多数人，不会把自己的不幸福暴露在空气里让你耻笑，每个人都会摆拍，拍出自己的大长腿让你羡慕，拍出满汉全席让你流口水。你看，别人的生活过得那么五光十色，而自己却每天一醒来一身汗，蓬头垢面的。比起自己的以前，好像是有进步了，但跟别人一比，自己的努力简直就是毫无价值的一坨屎。

有人曾在微博上问我：“星姐，为什么看见你的生活每天都那么光鲜，你就没有我们大多数人的混乱和失败吗？”

怎么没有呢？我比你们“丧”多了，比如说：带儿子上游泳课迟到；健身课好久没去被教练说；稿子永远写不完；好不容易想了一个创意被客户灭了；还没瘦下来；夏天到了，这么热了冷气怎么还不来……这些都是日常的“小确丧”罢了，但也足够让人每天都心烦，大事儿能让人几年都“丧”得胸闷。

以前跟朋友聊天，“丧”的都是变态老板和单身狗的孤单，现在跟朋友聊天，“丧”的都是家庭与孩子，不知道选什么学校；人到中年有老有小；房子想换大的但钱不够；事业止步不前但丝毫不敢懈怠；钱需要得越来越多，拼命赚也赚不够……

每个人都“丧”，只是不让你看见罢了。

· 可你连“丧”都没别人“丧”得高级

每个人都很“丧”，负能量占据整个内心，可到底哪里来的那么多负能量呢？《丧 × 简史》中有这样一段话：“社会金字塔的分布定律，当然不会因为平权而发生改变。只有极少数最优秀的幸运儿才有机会脱颖而出，实现他们的梦想；而大多数的人，随着时间消逝却并不能改变自己的身份，他们会转而变得意志消沉，内心极度痛楚，并轻贱自己，甚而憎恶周边混得比自己好的人。”

其实所谓的“丧”，不过是进入社会开始独立生活后，遇到了各种摩擦和小麻烦……这些问题以前也都存在，只不过父母都帮我们解决了，因此等到自己开始独立面对的时候，就觉得生活为何一个“怪兽”接着一个“怪兽”，自己的命怎么这么苦。

其实每个人的命都很苦，因为大家都面对一样的社会和世界。只是有些人愿意做出极大的努力去改变，让自己的成绩突出一点，在那些奋斗中的日子，谁都不比你轻松。我们大多数人都轻贱了成功的秘密和法则。看到周围的人纷纷成功，我们只看到表面，看不到背后的付出。因此，对于自己的失败，从来不归咎于付出努力太少，而仅仅归咎于自己没有别人的好爸爸。

我们的成长本身就很奇怪：20 岁之前都是家里的好宝宝，22 岁毕业就要求独立自主，30 岁要求承担起家庭的责任，35 岁开始面对上有老下有小……一切都变得太快，自己的成长没跟上，就眼瞅着出来一大家子人等着你照顾。可反过来想，一个人到了 20 岁还不能学会如何生活、对社会抱有不切实际的幻想，这到底是谁的过错呢？

说到底还是自己——从小家里惯着自己，长大之后自己惯着自己。

有个朋友跟我说：“我一直傻了吧唧地上班工作赚钱，根本没想过什么买车买房，也没想过找男女朋友成立家庭什么的，我周围的人都是这么过的，为什么就我好像遇到了很多困难，眼看就 30 岁了，还好像什么都不懂？”

其实，只有你一直把自己当个宝宝，别人都不是这么过的，只是你觉得别人跟你一样，实际上每个人都心里有小九九地跑在你前面。 等有一天你反应过来的时候，才发现你连“丧”都没别人“丧”得高级。

年入几百万登上福布斯精英榜，她是怎么做到的？

不久前我的朋友小令登上了福布斯亚洲“30 Under 30”精英榜，作为一个29岁擦边的伟大女青年，这一殊荣让我嫉妒不已。跟她认识的七八年，我们都在网上神聊，因为一见面她就会引起我火爆的嫉妒心。

她不仅美，身材好，而且不到30岁就创业三次，年入几百万，今年更是登上了福布斯亚洲“30 Under 30”精英榜。但嫉妒恨归嫉妒恨，我眼看着她的第三次创业，从自己刷墙开始，到后来拿到各种投资，最后成为业界女神，她像我们身边的一个神话一样，过着我们想都不敢想的生活。

曾看过一本书，主要内容是讲，目前人类的平均寿命是60岁，未来会到100岁，这其中会多出来40年的时间。别觉得多了四十多年的时间特高兴，先想想这40年的时间黑洞，你的头脑、身体、金钱都准备好了吗？这本书中提到一句话：“在未来多段式人生里，没有任何行业会是铁饭碗，许多职业都将消亡；超级大城市的优势越来越大，地区和城市间的发展不平衡问题愈加突出；那些不愿接受新事物、害怕改变的人，将会被新时代彻底抛弃。”

我突然间明白，小令跟我最大的区别，就是早已洞悉了这个黑洞，并且让现在的自己就过上了这样的生活。每天马不停蹄地主动找机会找市场，接受新事物比 95 后还快，喜欢挑战各种变化和冒险，并且身体力行地往我们不敢想的地方不断地冲。

而普通的我们，还总是守着一份不好不坏的工作坐以待毙，等待着社会变化带给我们的各种变化和重创，梦想着有一天暴富，结果等来的多半是更加入不敷出的生活。

回顾与小令认识的这么多年，我总结出小令成功的三个要点。也是这三点，让她把我们牢牢甩在 200 条街以外。

1. 高度的危机感和紧迫感

以前我以为，一个人是否成功，来自是不是够努力。后来我观察了很多特别优秀的人发现，人内心深处的懒惰，不坚持，没毅力，明知道什么都不做就什么都得不到，可依然不去做，这些来自内心深处的骨子里的东西，如果不改变，就什么都改变不了，看多少励志书，上多少技能课都没用。

俗话说，经济基础决定上层建筑，其实在人生当中也一样适用。我们以为那些成功人士可以一劳永逸了，但那些真正的成功人士都是越优秀越有钱就越努力越专注。反而是什么都不行的人懒得抽筋，一点行动力都没有，成天只想着吃喝玩乐。所以人生越走到后来越发现，有钱的越来越有钱，仿佛开了挂，没钱的越来越无法翻身。

事实上，大多数的做不好，不是“不能”“不会”，只是懒，贪图安逸罢了。所以那些所谓的成功人士，只是不让自己安逸，换句话说，就是一安逸就浑身不舒服，危机感极强。这样的人，总是拼了命地往前跑，越跑越快。后面的人越来越追不上，最后自暴自弃，更加懒得动。人生就这样拉开距离了。

2. 不断自我革新，终身学习，视野决定你的人生层级

看一个人有没有成功的潜力，就看他对新事物的态度，是完全嗤之以鼻地固守原地，还是敞开胸怀接纳尝试？

成功人士与我们最大的区别就是，在面临新事物的时候，有足够宽广的内心去接受，倾听不同的声音，哪怕是来自晚辈的不成熟的小想法。他们会不断地自我否定，放弃已拥有的东西——包括经验、学历、知识、三观……不断颠覆自己的固有认知。因此虽然他们的年纪在不断增大，但内心一直紧跟时代步伐，年轻有活力，永远跟年轻一代保持同步。

相反，作为普通人的我们最大的特点，就是一言不合就撕 ×，看到与自己观点不同的，就是别人不好不对，取关拜拜老死不相往来。最终的结果就是固守在自己的小圈圈里故步自封，慢慢被社会和时代彻底抛弃。这个世界从来都是一部分人在改变世界，一部分人一觉醒来发现世界都变了。

3. 掌握高效的学习方法和能力，让每一分钟都有价值

小令是北大硕士，英语猛学一年 GMAT 拿到超高分，得到了哈佛和耶鲁的 Offer。她曾经很穷，在学校里为了省钱每天吃五毛钱的菜。她拼命地学习，其实早在第一次创业的时候已经日入 10 万。但因为觉得不够挑战，又开始了第二次第三次创业。

周围很多朋友觉得小令简直长了一颗金不换的大脑，学什么都一次就会，看到什么都能记住，脑子滴溜溜地转，一天 24 小时能干好多事儿。而我们大部分人学好几遍都理解不了，看本书这页刚翻过去就忘光光，上一天班忙忙叨叨下班没多久就睡觉了。同样是人生，差距怎么就那么大呢？

其实并不是她多聪明，只是她掌握了更高效的学习方法，并且能合理地利用好自己所有的时间。比如她多年来坚持每天读 1 ~ 2 本书。她是怎么做到的呢？她一直在创业，平时特别忙，因此在开车的时候，把广播换成了听书。如果不是一定要自己开车，就打车一段路，为的是解放自己的双手和注意力，路上依然要读书看杂志。她最经常做的事，就是买来一大堆书，扔在床上，就算半夜下班两点睡觉，也要先看上一段。

脑子是个好东西，越用越灵，越不用越生锈。

20000 元培训班老师说了一句话，给了我当头一棒！

1

之前，我带儿子去一个英语培训班报名。我一直觉得三岁的孩子上什么班都是玩，就是个集体活动，主要锻炼社交能力，至于学成什么样子，我都没有要求。

因为课程安排在周日，我有点担心平时周末会安排全家出游，耽误课程或者不能出去玩。学费也比较贵，一年 20000 元，不知道误了课能不能补，于是我问老师：

“如果周日有事来不了怎么办，比如要旅游什么的？”

老师说：“既然报名上课了，就要坚持，如果家长不能按时送孩子来上课，总有这事儿那事儿，孩子就会认为学习是可有可无的事情。孩子对学习的态度，就是家长对学习的态度。”

我一听就震惊了！我从来没想到过这个问题，不光有道理，简直是当头一棒！

我的孩子从出生4个月起就开始去各种兴趣班，虽然买的课卡有100多节课，但实际用起来，总是稀稀拉拉的。我一直觉得，孩子还小，想去就去，不想去就不去，天气不好、空气不好、出去旅游、没睡醒，都可以是不去上课的理由。至于学习效果，也是各种一般般，我当然也没在意。

老师的话之所以给我当头一棒，不仅仅让我突然意识到，家长应该帮助孩子认识到坚持对于学习这件事的意义，更重要的是这句话戳中了千千万万已经成年，却在平庸中挣扎的自己。

2

从来没有一个时代，让我们如此明显地感受到，自己的学习能力和坚持学习的能力如此之差。

以前我们觉得，下班了还能看一小时书，就已经很牛了；坚持早起一礼拜，还能背两个单词，自己就得写帖子发网上分享心得了。

但是在知识付费的年代，手机里买了一堆课，想上一堆讲座，费劲获取了一大堆学习资料，真正到行动的时候，一丁点儿都行动不起来。

而与此同时，周围的同龄人以超快的速度成长起来，有人突然一夜成名，有人突然一夜暴富，这让人难以置信，又难以接受。

99%的人，对钱感兴趣，但对努力和坚持的过程从没有兴趣。大部分的人稍微努力点，就开始担心自己会过劳死，但熬夜刷剧的时候，从来不担心这件事。

就像培训班老师说的那样，大部分的成年人，都无法坚持做一件事情，包括学习。我们成年人离开学校之后，对待学习的态度，从来就是可有可无。别说坚持什么，连基本的自律都没有了。只有到错过了好机会的时候，才会后悔自己为什么不早点学，为什么什么都不会。

每次我发教育类的文章，总会提到很多培训班，很多人在后台说，根本不赞成报那么多班，自由快乐地成长不好吗？

只有真正被现实教训过才知道，当你学得多懂得多，你的未来才会有更多选择和让你生活自由的机会，否则就像今天的自己一样，面对全世界的机会，却根本不敢辞职，因为除了手头那点干得不咋好但还能凑合混口饭吃的工作，自己啥都不会。

3

被培训班老师当头棒喝之后到现在，无论每周日有什么样的困难——不管是刮风下雨还是起床困难，我都坚持送孩子去上课。即使外出旅行也一定要在周六回北京，不能耽误上课。

我看着孩子从最初哭哭啼啼不想进教室要妈妈陪着，到现在愉快地跟我说："妈妈，你去外面等我好吗？"也看着孩子从内向地不参与任何课堂活动，到在课堂上极度亢奋，回家还要每天看英文绘本学英文，内心万分感慨。

我坚持带两个孩子每天上游泳课，雷打不动，大雨打着伞也要去，两个孩子的游泳技能飞速进步，让老师也很惊叹。

有一天一个妈妈问我："你的两个孩子游得真好啊！游了一年了吧？"

我说："其实也没多久，办卡办了一年了，但真的密集游还是这三个月，我们每天来。一岁半的妹妹来得更多些，也游得更好，下周就要去比赛了。"

他们学了几个单词，会了几个泳姿，其实不重要，重要的是，对学习这件事，我和他们一起，认真地坚持。

我在朋友圈里看到一段话，感同身受的同时，甚至有些感动：

"我们逼迫孩子学习，最根本的目的，其实还不在于好成绩，而是培养孩子的耐力、意志力、原则意识和对事情保持专注的能力。这些远比成绩本身更重要，也更能影响孩子的一生。"

而这，也是我们已经高度缺失的能力，是阻碍我们无法财务自由的最大软肋。**我们对自己放纵和原谅，而每一次的无所谓，都是我们耐力、意志力、原则意识和专注力的进一步丧失，最终换来一个越来越平庸的人生。**

看看周围的成功人士，难道我们真的不知道，自己是怎么一步步落后，慢慢不如人的吗？想想那么多人用各种自己都没想过的方式赚大钱，自己为什么就不行呢？

还是知乎那个热门话题，给了我们答案：大部分生活的苦，都是因为自己吃不了学习的苦。

藏在你身边的9条普通人都能做到的赚钱秘籍，你也能成为有钱人

日常中有很多人问我：“星姐，现在讲究知识变现，可我就是个普通的上班族，不像那些能讲课的人那么有才华，现在现学现卖也来不及了，有没有一些普通人日常也能做到的赚钱秘籍？”

作为普通人的我，也想知道秘籍，因此走访了身边一些我认为有钱的同事或朋友，结合自己的一点点经验，为大家做这个分享。我认为这些秘籍里更多的是一种心态，而不仅仅是技术。我做这个分享，是希望我们每个人都能越来越有钱。

1．危机感强，随时都有 Backup

作为一个危机感很强的人，我总觉得我随时都会失业，会没钱，会还不起房贷养不起孩子。家境一般，父母帮不上忙，所以从来不想着靠别人。虽然老公很优秀，但我对自己的要求是忽略老公的收入，自己的收入要能够养得起家。这是我对自己的要求。

因此无论什么时候，我都给自己找一个 Backup，同一时间一定要有两个（或以上）的赚钱渠道，这样可以保证在一个渠道没有收入的时候，还有另一个渠道支撑。比如上班有工资的时候，坚持写文章来赚点小钱。现在写文章能赚钱，但也会找其他领域赚钱。虽然作为 Backup 的一方赚钱很少，但这是让自己内心平和的重要方式。

2．别跟钱有仇，不要轻易辞职

挣钱多了就一定要辞职吗？不！上班是一个可拥有持续性收入的事，自由职业者是靠天吃饭的，不要拒绝任何一个可能给你增加收入的机会，别跟钱有仇。除非能让你辞职的这件事，你已做到足够稳定和优秀，能够让你当作事业来打拼。否则，当你辞职的时候，你就会感到巨大的不可控的压力。

3．不要放过任何一个能增进自我能力的机会

培训、讲座、分享……只要自己有时间和精力，就尽可能地去参加。回来复盘做笔记，看看哪些能为自己所吸收、应用。知识永远是第一生产力，走得越远越感到自己的渺小和无知，多学点没坏处，谁知道哪块云彩会下雨呢？

4．赚足你该赚的钱，放过不是你的钱

如果你在某个领域有特长，或对工作的某个领域有兴趣，就把这份热爱努力地发展下去，但要明白任何的热爱都会遇到困难，没有高高兴兴让你赚翻天的事儿。克服困难是你精进自己、不断增强能力的过程，也是你离很多很多钱更近的路。

看到别人赚到钱自己眼红也想做，但通常你不会在此领域赚太多钱。你并不是因为热爱和兴趣，只是怀着急功近利的心去靠近，没法付出全力。这不是你的钱，放过它吧。集中精力和时间，去赚足你该赚的钱。

5. 确定一个核心竞争力，并将其发展壮大

我之前有一个同事王渣渣，当时我们一起做客户项目，经常一起加班开会。后来她发现自己特别喜欢看项目背后的数据，她也是理工科出身，于是就开始自学大数据。看了很多书，拜访了很多人，遇到很多困难天天下班不回家在办公室里研究。现在她成了著名国际 4A 公司的大数据总监（也是星姐以前的公司），她把自己的爱好发展成了核心竞争力，当下她不仅出了书，还是在行的顶级行家。每天上班忙得滴溜溜转，下班忙着各种分享和讲课，未来不可估量。

6. 记账，做大数据分类比较

我说的记账，是记收入，花销记不记随意。记录自己各种渠道赚的钱，一个月做成大数据总结一下，看看哪些渠道有更大的潜力，哪些地方不要再花时间和精力。每个月记录下来分析一下，到年底也好知道一年里自己赚了多少钱，好给下一年做一个规划。

7. 放眼未来，别老自我欣赏银行卡余额

别赚一点钱就盯着银行卡开心又焦虑，想赚钱就不要老对过去的成果沾沾自喜，多往前看，看更大的世界和更多的钱。

8．专注，别着急斜杠

现在斜杠概念很红，什么都干，简历好牛啊！可其实这么多工作和身份，哪个能让你赚大钱了？人的精力是有限的，一个都干不好，你还能干几个？

千万别说上班不是你喜欢的工作，当你把自己的爱好当成工作时，一样困难重重，那时你会发现，爱好也消失了，工作也没了，会绝望得要命。

先把一件事做好、做透，再去斜杠，不然等待你的只有大跟斗。

9．合理节制的消费观

别暴富了就可劲儿买买买，虽然人生要及时行乐，不需过度节俭，但也不要铺张浪费，凡事适可而止。等你的人生有了重要事情的时候，比如买房买车父母生病孩子上学等需要大宗开销的时候，你要手里拿得出钱。大家都是成年人了，要对自己的生活有估计，有打算。

这些很难吗？不难，但需要沉淀和积累。**想实现自己的梦想，你就需要让自己内在的实力慢慢地变好、变强，不过，别着急，一点一点来。**当然，可能你会觉得我说的都是废话——“有没有更快速能挣到钱的路子？我要暴富。”暴富的机会当然有，买彩票。

别人像开了挂一样什么都好，你像中了邪一样怎么努力都白瞎

刚毕业的时候大家都一样，甚至可能起薪还没你高，结果走着走着，就岔了道儿。刚开始大家都一个起跑线，每天屁滚尿流地被老板骂得跟三孙子一样，但不知道突然从哪一天开始，别人做什么都特别顺利，结婚生子财运滚滚来。我们通常觉得这样的人一定是走了狗屎运，等有一天没好运的时候就不行了。只可惜，人家这个狗屎运一直都存在，只是你一直没等来这个大运。

观察了一下我周围那些有钱有事业的成功人士，越优秀越有钱，越努力越专注。就跟小时候学习一样，一旦上道儿了，就步步为赢。最终前面的人像开了挂一样做什么都好，后面的人像中了邪一样怎么努力都费劲，圈子和成绩慢慢就拉开了巨大的距离。我总结了一下开了挂的人的共同点，分享给你：

· 持续深造＋抓住风口

如果说以前的社会是努力就能成功的话，那现在不是了。如今的成功，大多数是在很长一段时间的蛰伏，再加上遇到风口和平台，才能让你成功。在这方面，我特别滞后，反应也慢。很多年前，微博正兴盛的时候，我在广告公司负责投放。那时候段子很多，但段子手还没被人发现。我看了一篇写段子手的文章，为了与他们合作，我一个一个地找微信去问机会。有的段子手直接拒绝了我，有的干脆不理我，但有一个人，不仅跟我聊了很久，还答应帮我联系其他人。我这个项目结束以后不久，这个人成立了自己的段子手公司。再过几个月，段子手大火的时候，这个人已经是段子手营销团队里响当当的人物，不仅工作自由，还赚得盆满钵满。

后来我问他："咱俩当年认识的时候，你还上班呢吧？"

他说："对啊，你找完我之后，我觉得我就是段子手，也认识人，这对我就是个机会，我立刻辞职开了公司，把所有段子手都联合起来一起做事儿。"

后来他说了句让我哭了好几年的话，他说："当年是你启发了我，其实最开始你也可以辞职做的。"

· 优秀的人抱团成长

我是个习惯了单打独斗的人，这么多年都是一个人做事儿，一个人写文章，生性独立不爱与人瞎勾搭多说话。去年朋友拉我进了一个勾搭群，我天天烦得要命，因为在我看来，他们每天都在闲聊天，一屏幕一屏幕的，看得我头晕。

一个月后，我一句话没说地退出来了，之后再看那个群里的人，每次一个人有好项目，大家都一起发朋友圈支持。虽然免不了觉得这不就是互相捧场吗？但突然意识到，成年人的世界不就是互相利用、互相帮助，才能走得远走得长吗？

自己一直一个人单打独斗，平时也很少出手帮助别人，缺的就是这种帮助别人也被别人帮助的氛围。现在的我，开始慢慢学着给帮助自己的人一个大大的感谢，发个大大的红包，说句真心的祝福，能帮助别人的时候绝不后退。

我明显地发现，自己的社交能力和后援团增加了，更意外的是，我跟很多人建立了比以前更加坚固的友情，自己有事儿大家一起帮忙，别人有需求也尽心尽力。不去计较得失，抱团一起往前走，是 30 岁这个节骨眼上学到的最重要一课。

· 环境造就人

有次与朋友一起聊天，谈起我现在的状态，大家都很羡慕我。我跟大家说："其实我也很羡慕你们啊，有个公司可以一起去上班，一起聊天什么的。我虽然自由，但还是很怀念以前上班的同事们。"

我怀念的不是天天朝九晚五，而是周围同事所营造的环境。工作八年，在不同公司就职过，周围的同事都是我的榜样。他们有的来自哈佛耶鲁剑桥牛津，有的是业内专家，有的肤白貌美大长腿，有的是富二代，可他们比我还努力。在这样一群人中间，我每天都清清楚楚地看到自己的不足，和自己能够提高的空间。

很多人觉得我很励志，很拼命，其实是因为，我周围环境里的人，都比我优秀比我拼，随便翻翻朋友圈，都一个比一个起得早，事业做得大。我特别喜欢在这样的环境里待着，干劲儿十足。

· 行动力分高下

前段时间开了写作课，这课一直拖拖拉拉说了半年，我都在拖时间，总觉得自己还没准备好，其实就是拖延症而已。

有一天，合作方的老板给我打了个电话，问我想得怎么样了，我刚答应说可以开了，他的整个团队就都到位了。两天出提纲，一天出试听课稿子，一天录音，第一节课就这么立刻做起来了。

中途因为时间太快，我有点不适应。我问对方，你们公司干啥都这么快吗？

对方说："我们老板是个想到就立刻做的人，行动力超强，我们公司也这样，不然我们老板怎么当得上亿万富翁？"

仔细想想，特别受鼓舞。现在课程真的做起来了，做到第六节课，越做越好，录音越来越上道儿，内容也越来越干货。每天都看到无数学员在社群里晒自己的各种进步，比如文章上首页了；思维更丰富了；找到了十足的干货受益匪浅——我看在眼里，就觉得很骄傲。虽然我不是亿万富翁，但在亿万富翁的感召下，变成了一个行动力超强的人，是非常棒的经历！

这可能就是真正的人生，很残酷，但很现实，**一句话、一个人、一件事儿就影响着我们的每一天，而你怎么过一天，就怎么过一生。**

一个开了挂，一个中了邪，人生的方向，都在自己手上。

二十多岁就开始中年危机了？你可能还不知道自己有多危险

2017年有段时间讨论35岁中年危机的话题特别火，仔细想了想，1990年出生的也都27岁了，都是中年人了。“中年危机”，真的要来了。

我31岁，周围的人30～40岁不等，大家见面聊得最多的话题，就是房子、孩子、保险、股票、外汇、财务管理和投资。年龄精力体力，都不再是优势项目，体内的鸡血也消失了一半，但人生压力比年轻时翻了五六倍。

我一直觉得一人吃饱全家不饿是最豁得出去的年纪，一旦步入中年，就像戴上了一个紧箍咒，上下不能。周围听到的和看到的故事，也让自己感到惊慌和害怕。

· 小鲜肉铺天盖地涌上来，自己人老心也老了

某公司清退34岁以上员工的故事还没过去，朋友大L就迎来了自己的危机时代。先是公司以实体不好做、经济危机为理由，暂停了他

的升职加薪计划，接着招了一批鸡血满满、每天待在公司不回家的小鲜肉，与之并肩作战。大L与小鲜肉们融不到一起，又觉得自己应该是老前辈，可开会的时候，他惊觉自己再也想不出好的Idea，倒是小鲜肉们的新主意一个又一个，虽然都挺不靠谱的，但贵在推陈出新啊。

有个男性朋友让我帮忙发个征婚稿，1993年的，自己开两家公司，年入300万以上，热爱生活，爱好广泛，勤于健身，游历四方。朋友圈好多大叔表示怎么可能这么年轻就300万年收入？不可能！可遗憾的是，这是真的。

作为包括我在内的老人，都觉得这个时代应该是以加薪的方式往前运作，但殊不知，小鲜肉们已经以各种姿态扑向了这个社会，并用各种我们觉得不专业不正规，但却是市场空白的方式，赚得盆满钵满。

我们不仅人老了，心也老了，明知道有很多地方能赚钱，但都嗤之以鼻地嫌麻烦。而嫌麻烦，就是衰老的开始。

· 上有老下有小的时候，挣钱赶不上烧钱的速度

王总是我的好朋友，房价大涨的时候天天唉声叹气。现在孩子上小学了，各种教育都要钱，父母年纪大了想要在一起住，虽然两口子都赚得不少，但三代同堂还是要换个大房子。

王总跟我说，30岁出头的那些年挣了不少钱，也想过先把房子换了，那时候也不贵，但想到买了房子会影响生活质量，最终还是把钱花在了吃吃喝喝玩玩乐乐上。那时带着老婆孩子周末Brunch，放假全世界玩，各种重大开销花钱如流水，爽在当下嘛。

可如今，房子限购，手头又缺钱，也不敢有大笔消费，毕竟孩子、

老人都处在一个要钱的年龄段。即使工作没有任何闪失还能步步高升，也赶不及房价的上涨速度，真可能一辈子都买不起大一点的房子。他心有不甘，可现实又很绝情——想不到曾经以为什么都不缺的自己，终有一天高不成低不就，卡在了人群最中央。

年轻的时候一说攒钱，就好像毁了自己所有的生活品质，看别人勤俭持家就觉得对方想不开。等到中年时才发现，什么生活质量，都比不上生活不慌张。年轻时装过的 ×，都是现今不甘心的前兆。上有老下有小的时候，挣钱远远赶不上烧钱的速度。

· 三十多岁做了全职妈妈，不缺钱但不知道未来路在何方

自从辞职后，我混进了全职妈妈圈。圈子里的妈妈们家里都挺有钱，阿姨保姆一大堆，不存在生活不下去的问题。起初我们在一起还能讨论做烘焙、插花、旅游之类的事情，但时间久了不能天天做面包吧，未来怎么办才是最大的问题。

生孩子之前都是大公司光鲜亮丽的白领，也曾挑灯加班成为中流砥柱，在家只要半年，就能跟外界失去联系，看着以前同事们的朋友圈，自己再也插不上话，只能在妈妈群里每天聊早教幼儿园之类的话题。

提到钱的问题，估计每个人都会说缺钱，但相对于缺钱，不知道未来路在何方才是最重要的。年轻人一波波地涌上来，便宜好使精力旺，相对于自己这种动不动就孩子病了幼儿园家长会要请假、精力不旺盛下班就想赶紧回家的人来讲，自己要是老板也知道该做出怎样的选择。

我一个读者跟我说，年轻的时候吃喝玩乐，老公做生意不缺钱，但现在人到中年，老人孩子都要钱，老公生意出了问题，自己一点忙都帮不上，真的是欲哭无泪，想使劲儿都找不到地方。

电视剧电影里到处都是中年危机的影子，本以为过了 30 岁才需要考虑中年的事。可日新月异的变化告诉我们，25 岁开始考虑你的中年，45 岁开始考虑你的晚年，才可能那一天到来的时候心里不慌张。

人的欲望是无限的，今天不想要的，不敢保证人到中年那一天没有需求。人的痛苦都是欲望撑的，但欲望并不是自己可以控制得了的，而是随着大环境的改变和影响而滋生出来的。

以前我特别看不上做 5 年规划这种事，觉得未来不可控，我连明天会发生什么都不知道，怎么会知道 5 年之后要做什么？现在想来，还是自己年轻幼稚，真正的 5 年计划，不是让你现在知道 5 年后的此刻是吃饭还是睡觉，而是对自己未来的 5 年做一个规划，比如想成为怎样的人，是否要组建家庭，财务如何积累和分配，要安排父母过上怎样的生活……要给自己的人生做一些大的时间节点的计划，即使一人吃饱全家不饿的单身，也要对自己的未来有所规划。别站在年龄的节点上开始哭，觉得自己年龄挺大了可心里还是个宝宝。

有个朋友跟我说：人生如果能遇到一两次撞大运的事情，那就是天大的幸运。**其实所谓的撞大运，都是提前规划、提前安排、提前努力换来的，没有一觉醒来砸个金砖在你头上的事。**年纪越大越相信“计划”和“目标”的力量，大概是人心老了事情多了生活复杂了，就更加依赖计划才能过好每一天。

如果你还没到 30 岁，恭喜你，赶紧着手提前准备起来吧，从工作到家庭，从挣钱到家庭储备。别等 30 岁到来的时候，你哭着对我说，你还是个宝宝，生活为什么对你这么不好。

一打折就疯狂买书，上次买的你都读完了吗？

1

前几天网上又开始疯狂打折卖书，满200减100元，满300减200元……从大清早开始，群里就叫嚣着赶紧去买书。平时二十多块钱的书，半价下来只要十来块钱，哪有不买的道理？

这时候我看到朋友鼹鼠在朋友圈里问了一句："大家上次打折买的书，都看完了吗？"

看到这句话，我瞬间一惊。

最近几年读书相关的事儿特别火，从卖书大促销，到各种读书会，拆书帮，只要沾上"读书"二字，人们都趋之若鹜，唯恐自己落下了，但到底是"读书"热，还是"读书形式"热呢？

如今是知识变现的年代，人们都知道知识太值钱了，再加上人心浮躁，每个人都想用读书让自己静下心来。结果，读书就像健身一样，喊的人多，摆拍的人多，但真正读进去的，太少了。

2

读书，并不是一件轻松的事儿，除非读八卦小说。

读书时，普通的内容，读下来很轻松，高难度点儿的内容，反复读都不一定明白。但现代人读书，着急得很，别人一天一本，自己三个月一本还没读懂，怎么办?

读书还有个特点——一旦读起来，就能体会到读书的乐趣，充实，饱满，舒服，内心安宁。但一旦放下两天不读，就可能两个月都不再拿得起书来。

这么一来二去，读书这件事儿，并不简单，也无法沉下心来。最重要的是，读书到底在你心目中是一种什么行为，是为了自己的提高，还是为了告诉别人自己很有精神追求?

去过不同的地区和国家，比较各种物价，如果论便宜，书在中国的售价拔得头筹。国外一本书打折完，没上百就算便宜了，作家出一本畅销书够活一辈子，但在我们这里，一本书 20 元都要思量思量，读起来更是挑剔得很。可一杯咖啡 40 元，大家都可以天天买两杯，能用一个礼拜把自己喝成咖啡店金卡会员。

3

是书不值钱吗?

不，是知识在我们脑子里不值钱，是人力不值钱，智慧不值钱，可这种不值钱，到了自己用的时候，才会开始后悔。

现在的我们，很爱学套路，以为掌握了套路，就变成了有文化的人，会这会那，立刻就能暴富。其实，真正开课讲套路的人，他们的成功之道并不是套路，而是靠深厚的积淀。他们在积淀中总结出了所谓的套路，是因为知识积淀在心底，所以那些知识化身为他们的一部分了。但光学套路的你，一点儿积淀都没有，想成功就属于想多了。

新东方创始人俞敏洪老师在大学里，因为家境贫寒，每个月把饭钱省下来去读书，但因为从小在农村长大，不知道看什么书好，于是同宿舍的王强老师买什么，他就跟着买什么，在大学期间读了八百多本书。但现在的我们，上完大学读了有 80 本书吗？

我记得我上大学的时候学校图书馆没建起来，只有一个很小的图书馆。那时候很多人抱怨，学校的配置太不好了，我也这么觉得。别人的大学图书馆，是一座楼，而我们的是一间房。后来等我们也有了一座楼的图书馆时，我才明白，一座楼有什么用呢？大学四年能读完一个书架的人都已经算好的了。

4

眼大肚子小，看什么都想要，但真的给你放家里，根本就懒得看。有多少时间休息，就有多少时间刷手机。

不说别人，我自己也是这样，我家有八面墙的通顶书柜，摆得满满的，地上还有很多放不进去的书。我想着每隔一段时间，就把看完的书都送人，但从住进这个房子起，送人的书不是因为看完了，而大多是因为放在家里我看着心烦，觉得自己一辈子都不会读吧，眼不见心不烦，赶紧送人。

每年年中年底都会有各种书单和榜单，每次去书店也记下来一堆觉得自己想看的书的名字，等回到家就忘得干干净净。

现在有很多读书打卡群，读书会，拆书帮，一个比一个火爆，收费再贵也有大把人参加，是读书这件事儿很难吗？并不是，而是大家都知道自己太懒，用这样的形式来督促自己，希望自己能在一种读书的团体气氛里勤快一点，或者自己没时间读书，那么就至少看看别人总结出来的梗概好了。

结果，形式越来越多，书依然读得越来越少。

5

前几个月，我开始强迫自己读书，因为每天写作，输入非常重要。我读的书很杂，看什么有兴趣读什么，天文地理文学亲子都会看，从没有特定读什么，但读得越多越觉得自己很无知，越觉得自己起步太晚，可能这就是所谓的“知识焦虑”吧。

在我浅薄的读书心得里，我总结了几点能让我们读书更有效的方法，这里简单地分享一下：

① 一些与自己的现有领域完全不相关的书籍，比如天文地理，可能你根本读不懂，但离自己越远的东西，才是真的能让你学到新东西。

② 不要给自己太多的压力，每天看 15 分钟或睡前看半小时就可以了，不需要每天一定要看够两小时，目标太高，一个礼拜不到就坚持不住了。

③ 不要贪图书籍的便宜而错过了自己的兴趣最高点，最好在自己最有兴趣的时候就买书，而不要贪图书籍促销而一直等时间，很可能促销书便宜了三块，但兴趣过劲儿了，也就看不进去了。

④ 重内容而非形式，如果自制力很差，可以适当参加一些读书会，

但不要把精力都放在所谓的社交啊，打卡上面，读书与思考比形式更重要。

现在图书打折每月都有，下一次大促销准备出手的时候，回头看看上次买的，扔在角落里的书都开封没有。**别以为把书买回来就有精神追求了，读起来，哪怕一个月读一本。**

内心的进步和充实，只有自己体会得到，我们一起加油！

你的坏情绪，正在杀死你

1

前段时间，电商部门的售后客服气得中午饭都吃不下去，她跟我讲了上午发生的一件事。

有个用户买了一个产品，因为是同城快递，所以原则上第二天应该能到。

遗憾的是，第二天用户等到中午还没收到，于是来找我们，开口就骂我们是骗子，根本不发货，物流信息也是假的。

在跟快递沟通后得知，当天送货的小伙子路上遇到车祸，用户的快递正好在小伙子车上，因此这批货临时换了一个快递小哥来送，时间上耽搁了一些，但当天晚上一定能送到。

客户一直不依不饶，在电话里骂得非常难听，客服小姑娘都被骂哭了。

我们没办法，用同城一小时到的快递，花了70元运费，给她快递过去了。当天晚上，她的快递显示签收了，但并没有跟我们的客服说一句谢谢，更别提道歉了。

其实任何一个公司的电商售后，包括淘宝客服，都常常遇到这种事情。有些客户，只要一出问题，第一句话就是破口大骂，很多时候还等不及客服解释，就笃定对方是骗子，要骗自己的钱，情绪立刻失控了。

很多人不知道，你的坏情绪，让你下意识认为所有人都是坏人，总是带着敌对情绪为人处世，遇事第一反应不是解决问题而是泄愤，都会把你拖进一个深渊里，无法自拔。而当你把自己的坏情绪扔给别人就不管了之后，也会让周围人讨厌你。

2

有一次，有一项工作本来白天都做好了，但晚上我突然发现了一个问题，赶紧让助理通知客户，我们要改。

当时是晚上10点，客户已经睡了，但我还没睡，因此脑补了一出大戏。

明天客户看到会不会找麻烦？会不会不同意修改？客户会不会觉得我们的反应太慢了？如果为此不付钱怎么办？

想着这些，真是坐立不安，非常心烦，老公问我话都非常不耐烦。怎么自己这么晚才发现？要是客户较劲起来，可是太麻烦了。当初就不该接这个项目，真是给自己找麻烦。

11点的时候，我跟助理说："你说这客户会不会很难说话，我觉得非常不安啊！”

助理问我为什么，我说不知道，就是感觉惴惴不安的，总感觉这个客户会非常难说话，这个项目会很不顺。

12 点的时候，助理说，客户起床上厕所，看到我们的留言，立刻确认了，同意我们的修改。周一签合同付款也非常顺利，一句麻烦都没找。

脑补了一大出戏，其实都是自己给自己加戏。这就像之前看到的一句话：

其实工作不累，但平衡工作中的情绪和人际关系很累。

3

大部分人的一生，都在被自己的情绪困扰，如何管理好自己的情绪，是一生的必修课。人生很多事本身不累，但被自己的负面情绪拖累才是累的根源。

负面情绪的最大来源，就是我们在遇到事情的时候，不自主往最坏的方向去想，自己恐吓自己，最终让负面情绪包围和控制了自己的行为与思想。

半仙婶儿说过一句话：口出恶言的人，是从小就生活在愤怒里的，总被管制来管制去，没有得到过好脸色。

这段话我特别认同，每个人的心境与环境关系很大，喜欢出口骂人，背后黑人的人，生长的环境一定是暴虐的，并在日常生活里毫无成就感和存在感，因此会在某些地方疯狂表现自己，比如因为一件小事就疯狂骂淘宝客服之类，以此寻找存在感。

几年前在北京某商场地下停车场里，因为40元停车费的问题，车主把收费员拖行几十米致死。尽管车主百般后悔，但已经无济于事。区区40元，对于车主来讲并不缺，为什么会闹出这么大的事情呢？

愤怒和焦虑，总觉得对方要跟自己过不去，加上现代社会压力大，上班时候的情绪无处发泄，遇到某些自认为比自己层次低的人就会疯狂发泄，最终酿成严重的后果。

4

《别让情绪失控害了你》中有句话说：每个人都有情绪自控的能力，那些声称完全无法控制自己情绪的人，实际上是得了某种负面情绪的上瘾症，这种上瘾可以为自己开脱责任，为自己的失意辩护。

很多时候我们把自己的失败归结为“情绪失控”，但其实控制和管理好自己的情绪，已经是一门重要的课程。所谓情商，就是指在面对任何事情时，管理和控制好自己的情绪，能对他人和事件做出合理和正确的反应。但情商这件事，是当今大多数人的软肋。

我以前也是这样一个人，火气大，一言不合火一下就上来了。情绪失控中会做出很多过激和奇怪的事，对亲朋好友都是如此，但事后想想似乎并没有什么了不得的大事。

我给自己定了一个原则，无论发生什么，等五分钟再发火，用五分钟时间想一想，这件事最坏的结果是什么？如果只是损失了钱，那么这件事就没什么事儿，因为能用钱解决的问题都不是问题。

大多数情况下，五分钟后我就平静了，感觉没什么大事儿，只是刚才自己钻牛角尖了。而且大多数时候，我也并没有损失钱，我预估的最坏的结果也并没有发生。

即使现在，我也会经常遇到火很大的人骂我，在背后黑我，我告诉自己要心胸宽广，**我知道自己是什么样的人，做我认为正确而有意义的事，就可以了。**

没钱没资源还没靠山的你，究竟该何去何从呢？

· 即使有老爹撑腰，没有真本事，也换不来客户的一张好脸

朋友小M来找我咨询，想要读MBA。我很纳闷，小M是个不折不扣的富二代，老爹给零花钱一出手就是50万，家族企业里随便一个小厂够他吃一辈子。去年刚从国外留学回来的他，说去留学，其实也就是吃喝玩乐了好几年，现在在老爹的公司里准备着手继承家业。

我问他："你这在美国不好好学习，成天泡妞儿，回国开始发愤图强了？"

小M说："说真的，以前觉得万事靠老爹，等回国开始真正踏入社会才发现，即使有老爹撑腰，没有真本事，眼巴巴地跑去跟客户吃饭，都换不来一个正眼看你。就比如前几天，我跟我爸出去谈生意，我爸跟客户介绍说我是从美国回来接班的，正好客户那边有个美国朋友在场，激动得跟我随便聊了几句，你知道我这水平，结果只能说打招呼

的话，给我爸气的，丢死人了。”

我看着小M，感觉太阳从西边出来了。我跟他说：“人家读MBA为了找到好工作，有高薪，你已经这么有钱了，还读MBA图什么啊？”

小M说：“我读MBA最大目的就是让自己有点文化，起码出去谈生意能有点共同语言，跟人聊天能接上话，而不仅仅靠老爹的面子才能做生意。我现在特后悔没好好学习，特羡慕那种有文化的人。”

· 实力派的长相和偶像派的能力，就是形容你

你可能会说，这是一个颜值当道的年代，脸好看就能嫁得好，能当明星，能得到好多钱，有知识有文化能值多少钱？

脸好看当然非常重要，或许能让你的起步非常顺利，还能得到更多的资源，但当你过了进入社会的前五年，开始靠经验和资历，让自己有复利般的财富与能力积累的时候，知识的作用开始突然浮出水面。

我刚毕业的时候，觉得肯吃苦，能熬夜，能加班，升职加薪指日可待。等到28岁过后开始成为主管带人的时候，开始一个人面对客户的时候，开始自己出去谈生意的时候才发现，职场上真正的实力不是谁最能吃苦，而是脑子的较量。肚子里没真货，客户问什么你都不懂，喝杯咖啡都聊不下去，简直是全宇宙最可怕的事了。

这是一个知识迅猛发展的年代，你不更新自己，想要靠脸、靠父母混迹社会，想靠资历吃老本儿，前五年还行，等你父母一退休，你的脸一衰老，哭都没地方哭。

成年人的世界，不是偶像剧，怕就怕你只有实力派的长相和偶像派的能力，蹲路边哭都没人关心你。

· **知识就是力（金）量（钱）**

不仅扎心，都扎到胃穿孔了！

当然，提起知识到底能值多少钱，你要现在还问这个话，可能有点 Out 了。现在不仅仅是一个知识更新极快的年代，更是一个知识变现的火热时期。

以前你有某项特长，也只能悄悄地下班发展，生怕老板同事嫉妒你的才华；现在如果你有某项特长，可以用自己的特长开课程，做分享，就算开个小培训班，收入都可能盖过你的月薪。

我的那个哆啦 A 梦朋友小 V，以前就是一个普通的上班族，但他有一个特长——英语好。不仅仅自己说得好，还特别会总结方法。他在网上分享过很多英语学习的方法，好评如潮。年初他开始自己在线下开课，积累经验和反响，一次课赚的钱超过他上班一整年。现在正在谋划着做网络课程，把自己的特长公开化，让更多的人受益。

这个故事典型吗？不典型，因为这样的人简直太多了。没有一个时代，知识变得如此值钱；也没有一个时代，人们都如此渴求学得更多更广。知识就是力（金）量（钱），实在是一句扎心的话。

那么问题来了，作为一个没钱、没靠山、没资源、没文化的自己，在这场知识浪潮中，该如何起步，才能搭上知识风口的这趟车呢？今天我用自己的经验给大家支几招，希望能帮到正在发愁的你：

① 在职硕士博士成人教育

很多人想用在职教育深造，但不知道如何开始。可以在自己的目标学校官网找“继续教育”部分，或者在“在职研究生招生信息网”

上查询信息。如果没有本科学位但想继续深造的，可以在学校官网找“成人教育”，也是非常好的选择。

② 在线教育

现在很多培训班都打破了地域限制，做在线教育，图的就是能惠及更多的学员，不用跑来跑去，省时省力效率高。而且种类越来越丰富，以前线下难找的课程，只要愿意找，都有网络课程可以学。

③ 进修班

有一些专业性领域，比如设计、管理、烹饪等，面对面授课会更有效，因此很多地方有所谓的“进修班”，时间短，见效快，没有学位的压力。有一些大学之间的合作办学项目，也是不错的选择（就是比较贵）。

④ 名人大咖讲座

如果不想上学，上课就头疼的，可以考虑名人大咖的讲座分享会之类的。大城市落地分享会更多一些，小城市资源少，但可以多参加网上的分享，有些免费，有些收费也不会很贵，比起上培训班肯定是太便宜了。

第二章

你最重要，活出自己的价值

在这个世界上，你是最重要的，你要明白自己这独一无二的价值。人来这世间一遭不容易，在这趟单程旅行中，你要活出自己无与伦比的价值，让自己的梦想，在现实世界中开花、结果。

进入梦寐以求的公司上班，是种怎样的体验？

日本的职场励志剧，简直是一绝，随便看一部，都让人精神振奋。有一天我四个小时就刷完了一部日剧，虽然这部日剧拍得有点做作和极端，但总的来讲，还是让人很感动，它很贴切地反映了初入职场新人的努力，但也让我对日本职场的阴险、暗黑，感到害怕。

故事讲的是一个刚从普通学校毕业的大学生角田美树，意外地进入了一家梦寐以求的一流公司上班。本来她以为梦想的大门正向她打开，希望的太阳正冉冉升起。然而，当她真正进入这家公司的时候才发现，部门的每个人都在捉弄她，不仅什么都不带她玩儿，还把所有坏事的“脏水”，都泼到她一个人头上。在感情上，同事抢了她男朋友，并故意上床给她看；工作上，刚结交的信任自己的前辈，在职场斗争中自杀……没人信任她，除了一个刚刚空降来的男主管。

在一个要离职的员工的启发下，美树才明白，作为新人被欺负似乎大家早就习以为常，因为一直没人反抗，所以这一恶习就流传了下来，前任新人差点因此自杀。在又一次被诬陷时，美树勇敢地否认了，她靠自己的勇气，反击了这一切。

至此，职场渐渐向美树展开了美好的一面。在与同事的相处中，美树看到了每位同事的另一面。他们每个人都有自己的难处，那些办公室把戏，大家也是因各种原因迫不得已参与。其实，他们都有体贴人的一面，慢慢地在危难时刻，他们开始帮助美树——这个办公室，终于不再寒冷。同时，美树也开始反思自己刚来公司时的为人处世，自此开始她认真地了解和帮助每一个人。在故事的结尾，美树收获了同事的友情，还有一份来自主管的隐隐约约的爱情，她终于用自己的方式，在职场中走上正轨，未来向她开启了一扇通向希望的大门。

刚毕业的那几年，几乎是一个人最落魄的几年，工作上不熟悉手慢总加班，感情上忽好忽坏空窗期一大片，朋友都是过眼云烟，一个走了一个来……强烈的不稳定、穷和孤单寂寞冷是生活的主色调。如果一天 8 ～ 10 小时的职场还不顺利的话，那日子简直就没法活。

就像剧中的美树，所有人都觉得她在一个全日本毕业生都梦寐以求的地方上班，一定开心又美好，但实际上她的内心痛苦得想死，每天站在办公室大门口，她都要使劲想想才有勇气推门走进去。

曾经有个朋友在进入了一家新公司不久后跟我说，她每天想到工作就痛苦得想哭。她每天特别努力地工作，但就是没来由地被排挤，被领导说坏话，快到试用期结束时，领导编造了很多奇怪的理由让她走。她试用期结束的第二天是婚礼，也就是说，领导把她开掉的第二天，是她的婚礼。

我不知道她是如何面对这样的人生安排的，如果是我，我大概结婚都没法正常进行。很久之后她来找我，那时候她已经进入了另一家公司，做得如鱼得水，老板的信任让她成为独当一面的多面手，她跟我说："在前一家公司的日子，是我职场生涯里最黑暗的一段时光。那时候我觉得，我要坚持下去，只要努力他们一定会信任我的，但我错了，我努力了六个月发现，他们对我的讨厌是没来由的。不管我怎么努力，就是加班到后半夜，他们也会想办法排挤我。职场并不是一个 100% 温暖的地方，但你不需要为那 20% 的冰冷强迫自己做什么。坚持做你自己，不要为那些讨厌你的人改变什么，换一个地方，这世界有的是阳光。"

剧中的美树，选择了反抗，面对大家她说出了自己的想法。其实每个同事内心深处还是有点人性和善良的，只是迫于一些无奈的原因，参与了这样的职场斗争，她用自己的爱和体贴，换来了同事之间的真心相待。这是有一些日本特色的职场斗争，虽然结局有点太过美好，但其中的过程或许我们可以借鉴，因为天下的职场都差不多。

人有的时候就爱钻牛角尖，把一切往最坏的地方想。比如有时候遇到什么事儿在家里想，越想越难受，心理压力巨大，但走出去喝杯咖啡看看人来人往，瞬间就忘得一干二净，事后回头去看，你会发现那点事儿算啥啊，自己怎么会那么痛苦呢？世界那么大呢！

我经常会收到职场新人的邮件，询问自己职场里被欺负了怎么办，还要不要继续待下来，内心痛苦得不行不行的。

说真的，职场挺复杂的，因为除了工作，还有人，而人心是最不能保证的。你工作优秀，可能引来的是升职加薪，也可能是陷害孤立，而职场上的每个人首先做的是自保，因此这是一个很复杂的问题，很难给出一个干净利落的答案。

但好在美树和我的朋友是勇敢的，要么战斗要么走，天涯何处无芳草，何必单恋一枝花。你必须做出一些行动来改变自己的处境，否则环境和时间并不会改变你。就算是离开，并不代表放弃，而这也是一种勇敢，勇敢地改变，为自己做出新的选择。

进入一家梦寐以求的一流公司，每个人都会为此畅想美好的未来，但正如这部暗黑的日剧所演，**生活有时候并不能让你如愿，你要做好最坏的准备。**我看到过这样一句话："把人往好处想，把事往坏处想。"说得真好。

你最大的问题不是迷茫，而是无法起床……

1

自辞职创业以来，生活里最大的改善就是学会了早起，这样脑子转得贼快。

每天早晨孩子 8 点醒来，我就跟着起来，喂奶吃饭，折腾完了就直接去工作，换作以前，我会直接回到床上睡觉。

这样做最大的好处就是早晨脑子巨灵光，一天的工作，一上午就可以干完，下午只剩下玩儿和睡觉。有时候醒早了，6 点就起来，虽然困，但坚持一小会儿，工作立马进入状态，差不多 9 点就可以干完一天的全部工作，之后带儿子上课，带女儿遛弯去。

听我姐夫说过这样一句话：你最大的问题不是迷茫，而是无法起床。

对这句话我深以为然，简直就是真理，特别是早起以后，感觉每天的 24 小时多了半天儿，最重要的是，早干完活心里爽得不得了。

很多人都说自己迷茫，可迷茫到底是什么呢？

说到底，迷茫大多是因为理想太远大，但无法下手，不知道该如何才能实现。可反过来讲，一个人连起床都起不来，连早睡的想法都实现不了，连体重都管理不好，又如何相信他能够管理好人生呢？

说到底，解决迷茫和行动力的最大杀手锏，就是先起床。

2

有位朋友曾和我说过：“世界上哪有什么一夜暴富，又不是房屋被拆迁了……大的成功，必定是把一些方法论或某件事做到了极致，我们做不到那么好，因为大部分人都是浅尝辄止。”

以前看到大咖彭小六把自己读过的有关阅读方面的书，摞在一起发在朋友圈里，我歪着脑袋看了一眼，大概有三十多本吧。很多人都知道彭小六是新晋的知识管理大神，当然也有很多人颇有微词，认为他不可能懂那么多，凭什么赚那么多钱？这里面肯定有猫腻。

我跟小六没有很熟，可单凭这张图，我就能了解他背后的用心和强大的阅读量。翻翻他的朋友圈，基本上都是各种学习类书籍的推荐和学习心得的介绍，我的朋友圈基本上是吃喝玩乐晒孩子，这就是我没有他有钱的终极原因吧（看，朋友圈暴露了人性，很残忍）。我周围有很多牛人，也有很多90后年入几百万——羡慕嫉妒恨必须有，可我更喜欢研究他们是如何做到那么成功的。经过研究，我发现其实也就无非这几点：

① 疯狂地学习，看到比自己强的人都去学

我曾跟好友杨小米说不要把所有精力都放到公众号上，多出去看看世界，多体验一下生活，才能写出来更好的文章。转身她就找了一家很好的公司开始实习。一般人没这么听人劝，也没这么高效的行动力，小米实在让人佩服。

② 感觉他们都“不是人”

有天我跟身边的一位牛人说：“我忙完这几天得看看热播电视剧，都快大结局了，我就看了半集。”

谁知对方却跟我说：“什么？看电视？我都好几年没看电视了。”

有时候我觉得，我可能一辈子都没法发财了，因为我没有他们那么“不是人”。

无论我什么时候，半夜几点看手机，他们都在叨叨叨地说话。他们一天到晚全国飞来飞去地出差，居然还能找到时间生孩子、带孩子和健身，确实让人不得不佩服。最可怕的是他们还懂得特别多，也不知道他们到底什么时候看了那么多书。

③ 特别舍得花钱

这些牛人说起自我投资学习，没二话，从来不东问西问，值得吗？好吗？在别人瞎打听的时间里，他们已经完成了学习。

说到拓展人脉，他们是人不到礼先到，遇到值得学习的高手更是送礼比送饭还勤快。表达心意，拉近关系，为得到一个近距离跟牛人接触学习的机会，在所不惜地砸钱。最后，牛人都成了朋友，自己变得更牛。

3

道理谁都懂，就是下不了狠手。稍微努力点就觉得自己好辛苦，苍天啊大地啊，你咋还不睁眼让我暴富？

曾看过咪蒙有篇文章，题目叫《你哪有全力以赴，你只是尽力而为》。从题目来讲，绝对是个金句，而文中那个男孩子的故事，很让人感动。

你以为身边没有这样努力的人吗？到处都是，只是你不想相信，也不想看，因为看完你会愧疚又焦躁，明知道自己因为什么混成今天这样，但就是对自己下不了手。

人到了我这个年纪，成为一名脑子贼快、迅速响应号召生了二胎的人才会知道，命好的人有爸妈帮忙好幸福，但大多数人你不对自己下狠手，这个社会就会对你下狠手，而且越往后越打得你体无完肤，屁滚尿流地往前走。

不过，话说回来，如果你连起床的问题都解决不了，你也就无所谓什么狠手不狠手。为了拯救我自己颓靡不安的人生，我决定进一步加强自我管理，争取逐步进化到六点起床，减肥大业持之以恒地进行下去！

我的一个中介朋友，以前和我分享过这样一段话，我觉得说得非常棒：“**真正让人变好的选择，过程都不会很舒服。**你明知道躺在床上睡懒觉更舒服，但还是一早就起床；你明知道什么都不做比较轻松，但你依旧选择追逐梦想……这就是生活，你必须坚持下去。当你攒足了钱，这个世界就会对你很温柔，你也就不会再患得患失生怕被人辜负。即便有钱不一定幸福，但离开谁你都能从容开始。钱虽然很俗，但它会令你底气十足。”

好好活下去，每天都有新打击——30 岁才知道的 15 个啪啪打脸的人生教训

· **站在风口猪都能飞起来，别把运气当能力，别高估了自己**

一直以来，我经常收到投稿，题目基本上都是《一年从月薪 3000 元到年薪几百万》之类的文章。不管这人之前是干吗的，最后几百万都是发广告挣出来的。我也经常发广告，但我并不觉得这是什么值得标榜的能力，只是运气。人不能把自己的运气当成能力，高估了自己。有一天没有小广告了你还能干什么，这才是你真正的能力所在。

· **山不转水转，学会感激，胜过处处与人为敌**

人在社会，处处险恶，总会遇到不平事。人心焦虑又浮躁，三言两语就会干架。现在有个词叫撕 ×，说白了就是老死不相往来的决裂。但山不转水转，很可能有一天，一切又转回来了。曾经被你骂死的人，有一天也可能让你身败名裂，让你后悔又恼怒。都是成年人了，成熟点，

与人为善，胜过处处与人为敌。

· 学会用自己的能力产生复利来赚钱，而不是不断内耗自己的能力

年纪越大，越懒得动脑子，吃老本成了一种常态。然而老本总有吃完的一天，到时候该怎么办呢？所谓的金钱安全感，并不是此时此刻你有多少钱，而是指你是否有持续赚钱的能力，这种能力来自用你自己擅长的技能产生复利来赚钱，而不是不断内耗自己的老本。

· 越老越值钱，是指能力越老道越值钱，不是年龄的“老”

你还在相信人“越老越值钱”吗？你还在等着自己每年按资格升职加薪吗？越来越多的80后已经被90后赶上来了，面对小鲜肉们低价高质量高强度高热情的工作状态，你一点都不着急吗？以前的工厂，越老越有经验，可时代不同了，科技的发展，经验不是最重要的，快速更新和变革自己的知识体系和内容，才能让你的能力升值，薪水翻倍。坐着等，只可能等到裁员通知单。

· 人的时间和精力有限，向内营养自己，不要向外高消耗

年轻的时候都喜欢不断地对外表达自己的主张，生怕别人不知道自己，看低了自己。等年纪大了才知道，人的时间和精力都太有限了，好不容易有点自己的时间，更希望能向内营养自己。别总想着让世界认识自己，先过好自己的生活。不给别人找麻烦，就是对社会最大的贡献。

· 能花钱的事就不要花时间，免费的才是最贵的

这年头，免费的东西才是最贵的。为别人的辛苦付费，是基本的尊重和礼貌。别总想着什么都不付出就得到，社会的现实会告诉你，要么你得到的是垃圾，要么需要你花更多的时间去研究。能花钱的事情，就不要花时间，时间比钱贵一万倍。

· **同甘共苦的重点不是共苦，而是同甘**

无论是职场还是感情，越来越多的争吵，并不是发生在共同吃苦奋斗的时候，而发生在花好月圆生活安逸的时候。人满足的时候总会开始想入非非，想要得到更多，开始回想自己是不是得到的太少了，于是不惜翻脸打碎曾经最好的关系，伤害最爱的人。为什么日子越来越好，人却翻脸越来越快呢？在一起奋斗的时候，别光想着成功后一起分享，真到那一天不反目成仇就算万幸了。

· **最难的选择不是对错之分，而是利他和利己**

小孩子才讲对错，成年人只看利弊。很多曾经价值观里的对错，在现实世界里开始分崩离析。人最难的，不是在对与错的黑白世界中做出选择，而是在利他和利己之间做出判断。就像以前说的，人会被社会的大熔炉磨平棱角，磨平棱角其实不是不懂对错，而是无法拒绝利己的诱惑。

· **你所谓的岁月静好，不过是有人替你负重前行**

这是苏心老师的一句话，有了孩子以后感受得更加深刻。

人到中年，成了三明治中间层的时候，才知道自己担负着什么样的责任，为了老人和孩子的生活安康，自己要付出极大的努力。同样的道理，总觉得自己生活安逸、岁月静好的时候，其实是你的另一半或你的父母，正在生活的丛林里帮你遮风挡雨，披荆斩棘。

· 别在那些不会感激你的人身上浪费时间

总有些人，不把你当人，而你却费尽心思想对人家好，苦口婆心地浪费自己的时间去劝导人家。别在那些不会感激你的人身上浪费时间，他们不值得。即便有一天他们成功了，他们也不会跟你问句好，而你还傻了吧唧地觉得自己是大功臣。

· 学习别人的优点，别像更年期一样看谁都不顺眼

年轻的时候总觉得自己天下无敌，中年的时候总觉得比自己强的人都是垃圾，总之从来看不到别人的优点，背后数落别人一套一套的都不用打草稿……这样自己就好过了吗？优秀了吗？升职加薪了吗？嫉妒别人的最极品做法，就是将他的优点都学到手，让自己越来越牛 ×，直到把他甩到自己看不见的地方去。

· 不再为自己没赚到的钱后悔，因为你就没下那工夫

赚钱的方法千千万，别看到别人赚了钱，就懊悔自己当初为什么瞎了眼没干。行行出状元，重要的不是你干了什么，而是你怎么干。压根就没有下工夫吃苦的想法，干什么都发不了财。

· 在一个领域挖得深，就有足够多的钱等着你挣

年轻的时候什么都想干，想做个斜杠人才，幻想着到处都能挣到钱。等年纪大了发现，真正在一个领域的高精尖人才，都是专一且资深的。他们靠一项独门的专业知识，便可以行走江湖，钱像潮水一样涌来。而那些每个领域都是三脚猫功夫的人，别人当高管的时候，他只能到

处吐槽社会不公。

· **笃定自己的喜好和风格，不再盲目模仿和跟风**

内心越来越了解自己，笃定自己的喜好和风格，不再人云亦云地模仿和跟风。遇到不理解自己的人，不再去争执，只会笑笑。你不理解请随意，我认识我自己。开始理解世界的多元性，尊重和理解每个人的生活方式和人生选择。

· **后悔年轻的时候，为什么不多学一点**

等你上有老下有小，精力时间都不够，干点啥都累得不行的时候，你会开始后悔，年轻的时候为什么不多学一点？现在真心想学，但却力不从心。人生，是不是从此就这样了？再过二十年，自己就是个老头老太了，现在努力，还能做到多努力？还能来得及吗？

你这么精致，一定很有钱吧

1

跟老公拜访了他的一个住在胡同里的同事，早就听说他的这个同事在胡同里租了两间小平房，但不同的是，这位男同事亲手把两间小平房改造成了一个小小的世外桃源。很多人都曾经来过他家参观，纷纷赞不绝口。

对于房屋改造，我也是看过电视的人，但真正亲眼见到，还是被深深地震惊了。

同事租的两间小平房，在北京一个普通的胡同院子的最里面，弯弯曲曲的小路走进去，身体两侧都是各种搭建的小屋子。在一个简易的屏风背后，藏着同事的家。

一间小房子，被他改造成卧室和卫生间，还做成了楼中楼。楼下是客厅，楼上是卧室，另一间是厨房和工作室。这个同事有一个爱好是做木工，因此他给自己做出了一个木工工作室。

所有的房间内饰，整整齐齐，连一盆花，一片叶子，地上的一个坛子，都是特意淘来的，别具风格的摆放方式，看一眼感觉都像杂志上经常介绍的小店。

如果说这并不算特别的话，沿着楼梯上二楼，才是别具一番风情的地方。平房的房顶上，被他活活做出了一片大院子的感觉。向这个不到 15 平方米的地方看去，有一把摇椅，还有一个木头做成的盒子，里面种着各种蔬菜水果，竟然还种了西瓜！就连浇花的工具，都很专业，让我这个常年用饭碗给花倒水的人羞愧难当。

儿子在他的“菜地”里玩儿的时候，他端上来两杯自己做的饮料。据说是用蜂蜜 + 柠檬 + 鸡尾酒冰球 + 薄荷做的，好喝到爆炸，连端上来的杨梅，都是经过冰冻的（居然还能冰冻）。

夏天坐在屋顶的摇椅上，头顶是两颗巨大的香椿树，孩子给盒子里的菜浇水，喝着神奇好喝的饮料，吃着冰冻杨梅，这生活简直太神仙了。

同事说，这个房子现在的样子，是过去一点点装出来的，有一点钱就装一点，有一点时间就做一点木工活来改造个小家什、小木箱……慢慢就变成了现在的这个样子。只要心里想要这样的生活，就一定能做得到。

我去过很多朋友家里，这是我第一次对一个房子的主人产生了羡慕之情，我当即跟老公说：“我们以后有新房的话，让他来设计吧，他家太精致了！”

2

作为一个糙人，我最害怕遇见的一种人，就是“精致人儿”。这种人有一种神奇的魔力，能让你瞬间爱上他们的生活和状态，并为眼前的自己自卑起来。

我一直觉得，精致的人一定很有钱，所以才会有那么多的装备捯饬自己，直到我认识了同事小 W。

那时候我跟小 W 都是新员工，拿着月薪 3000 元的工资。从我认识她的第一天起，她一直化着精致的妆容上班，身材瘦瘦的，中午吃饭都细嚼慢咽的，衣服看起来得体又好看。相比我这种挺着素颜大脸还不会化妆不会挑衣服的人来讲，小 W 像个小女神一样活在我身边。那时候我觉得，如果我们工资一样多，那么她有可能家里特别有钱。

有一次我去小 W 家里找她一起去开会，进门见到了她妈妈，我仿佛穿越了一样。她妈妈当时要出去买菜，正在镜子跟前化妆和整理衣服。他们家里非常整洁干净，没有一个多余的东西乱堆乱放。家里都是传统家庭的陈设，不新潮，但很温暖。而她的妈妈，举手投足优雅淡然，那么美，身材也是那么好，说话慢慢地，像一个民国名媛一样。站在她们身边的我，感觉多余到不知道把自己放哪儿才好。

那天，我突然意识到，精致其实跟钱没什么关系，而是一种生活态度。保持精致的生活，能让我们更加自律自省，同时更能体会到生活之美。钱可能会让你过上什么都买得起的生活，但精致才能让你有机会认识和了解这些美。而美是一种自尊，也是对别人的尊重。

3

我有一个很好的朋友叫乔小刀，乔小刀是一个神奇的人，他擅长把很多便宜的东西，创造出新的可以利用的生活用品，让生活通过自己的双手变得有趣，而且性价比超高。

当时的我，还在装 × 的年纪里，毕业没多久，生怕别人觉得自己穷。万万做不到小刀那么心灵手巧，也不愿意让别人看低了自己，也买过很多昂贵的牌子，但最终的命运，不是被束之高阁，就是感受不到这些昂贵的产品到底有多神奇。

直到进入社会生活了十多年的今天，在经历和见过了生活的很多面之后才意识到，精致与月入多少钱没有关系，精致本起于心，是一种态度与追求，无关乎收入。精致的生活，不是表面堆砌奢侈品，而是一种内在的自我对生活极致的追求与探索。精致的人有一种强大的气场，吸引着周围的人爱上她的美。

人生真正拉开距离的是高考吗？不！是毕业后的第一个10年

跟高中同学老高聊起同学们现在都在干什么时，没想到很多人的现在都还挺让人惊讶的。以前闷不作声只会笑的一个男孩子，现在是科学家，新发明直接卖专利躺着挣钱；以前学习不好，钢琴弹得好的女生，现在是全球青年钢琴家，每年都要巡回开音乐会；以前那个被奶奶疼爱到连作业都写不完，还要被奶奶亲自送来上学的同桌，现在做了矿区大老板；就连老高这种不务正业，天天谈恋爱嗑瓜子儿的，现在也天天努力奋斗，成了知名的日本代购。

从高中毕业到现在已经13年了，大学毕业9年了，人生的差距越来越明显地拉开了。高中毕业时候的人生差距，全靠家庭和父母；大学时候的人生差距，全靠高考时的分数；而毕业后的人生差距，靠学校的牌子和名气……如果说，以上的一切都可以靠这个靠那个，但大学毕业后的第一个十年——也就是差不多我们人到中年，三十多岁的时候，差距的造成完全因为自己。

那个毕业后嫁了好老公天天不上班的好学生，已经聊天都聊不下去了；那个毕业后天天熬夜加班学习练了一身本领进入创业公司的，现在已经有了期权和股份；那个毕业后一直跳槽惶惶不可终日的，现在也只有温饱的薪水和不可捉摸的未来。年轻时候可能还有人会在意你的爹妈、家庭和背景，讨论下你家这么好干吗还要来上班的话题。等三十多岁的时候，大家只在意你在社会中的位置和职务，至于你爸你妈和你家，都不重要。10 年，弹指一挥间，从聊买包买鞋买衣服，陡然间变成了房子、车子和孩子，期权、保险与股票。我们大多数人，并不是生长于富二代的圈子里，因此其实我们的竞争挺公平的。毕业时拿了谁家的 offer 重要吗？当然重要了，但那只是个开始。毕业后的第一个十年到来的那一天，你发现以前你看不起的那些人，过得比你幸福又富裕，这才是真正地扎了心。

从 20 岁开始奋斗，到 60 岁即将退休，这是人生最重要的 4 个 10 年。观察了不少周围三十而立的大赢家，真正拉开人生距离的，其实是——

· **常立志不如立长志**

年轻最爱立志，小到明天要早起，大到想改变世界，没有想不到的梦想，只有骨感的现实。然而，当梦想照进现实的时候，情况就不那么乐观了。大部分人总是在思考，为什么自己迷茫又彷徨，为什么自己找不到进步开始的地方。因为你又懒又馋还没志向，你有的只是一个幻想。

· **行动力比梦想更重要**

听过一个成功人士的讲座，他说自己有任何的梦想，都不会先说出来，而是会默默放在心里，因为怕别人嘲笑他。只有在他真正做到的那一天，他才会轻描淡写地说出来。年轻人谁没有过梦想，但成年人的世界里，行动力比吹牛更重要。

· 有效的努力胜过千万个熬夜

掌握正确的方法 + 健康的生活习惯 + 充沛的精力管理，是成功的三大保障。加班熬夜谁都会，比惨不是成年人的游戏规则。

· 细节决定成败

我刚毕业第一年，老板就在死抠我所有作业的细节，从标点符号，到字体字号。她说过一句话："我们公司出去的人，跳槽永远不会被人怀疑专业性。"几年之后自己进入了更大的社会洪流之后才知道，细节是一个人面对社会的第一张脸。

· 心胸和格局决定你能走多远

把眼界放宽，把内心放远，别总盯着眼皮下面的一点利益纠结不已。挣钱的时候要想如何 30 年之后还能挣，花钱的时候要想着有舍才有得。没有心胸和格局的人，有再多的钱，也只是个葛朗台（巴尔扎克小说《欧也妮·葛朗台》中重要人物，是城中一个最有钱、最有威望的商人，但他为人却极其吝啬）。

· 学会让自己的价值复利增长

别把运气当能力，别总盯着钱。学会用自己的能力和价值换钱，而不是用时间来换。保持自己的危机感和紧迫感，不断迭代自己的能力。当你觉得自己已经达到顶峰的时候，想想下一个顶峰你如何到达。

· **成年人的世界是互帮互助，互相利用**

成年人之间没有太多感情，大家都是出来混口饭吃，如果你能进入一个圈子，大家一起抱团互相利用，抱团成长，已经是很幸运的事。至少，你的能力被人认可，还有人能用得上，怕就怕你的能力都没人看得上。

· **吐槽和抱怨一点用都没有**

长期的吐槽和抱怨，只会让你成为一个长期不如意的人，继而成为一个非常极端的人。就算你吐槽别人整整10年，那又能怎么样呢？你依然还是一个Loser而已。

· **嫉妒心是进步最大的敌人**

嫉妒心，会让你口不择言，让你找尽一切理由安慰自己。但人生实苦，嫉妒能让你敌视一切有利于你进步的事情。相由心生，你还会成为一个难看的人。

· **别在该脱贫的时候总考虑脱单**

别总说恋人爱钱，别总说现实刻薄，30岁之前的努力，决定你30岁之后的生活状态。别总说别人有钱就变了，那是因为你一直维持现状什么都没变。不仅经济状况没有变，连思想格局也没变。没有人能一辈子一成不变，变就对了，因为别人的生活越来越好了。

人生奋斗40年，第一个10年，你正在哪里？准备怎么过？

学了几十门课程，我发现了不为人知的几个秘密

前一阵时间充裕，在家待着几天把买的十几门课程都看完了，并用思维导图做了详细的笔记，觉得收获满满。学了这么多课程，有几点感悟想要与大家分享一下：

- **只要你想学，有学不完的东西**

前几年我在豆瓣做了一个小组，叫“每天早起一小时，网络课程天天上”。那时候特别流行公开课，就是美国名校录制出来的公开课，在网络上被免费分享。我的小组算是豆瓣公开课类别里人数最多的小组，目前有 14 万人。那时候就发现，只要你想学，太多公开课的内容可以看，后来这些公开课的内容还出了很多书，很多网站都在建站抢占流量。

后来有了 TED，有无数感兴趣的话题分享给全世界，我还记得我的同事每天中午在办公室一边吃饭一边看。后来国内的各个城市、大学，

都建立了自己的TED来做分享。

现在有了微信群，以前看在线课程跟被骗了一样，现在就习以为常了。在知识变现的今天，太多的平台在开放知识分享。这不仅打破了原先培训班的教学模式，更让学习者在低成本、足不出户的方式中完成学习，更加简单便捷。

现在随便刷刷朋友圈，就能看到一堆堆课程。所有的课程，只有你想不到，没有你找不到的。只要你愿意学，无数的牛人都在给你分享。

但问题来了，以前老说自己想学这想学那，也买了很多课，可问题的关键是，是真的想学还是假装想学？那些你买了的课程，你都上了吗？

· 只要你比我强，我就应该向你学习

以前真心觉得自己还挺好的，各方面的知识知道得多，认识的人也挺多的，但年纪越大，学的东西越多时才发现，自己就是个屁。

很多东西，我们惯性地认为，自己以为的就是真实而正确的，与我们的认知不同，就是错误的。或者以为自己知道的已经足够多了，别人能讲出来的，无非也就是那些罢了，有什么可学的？

开始一上课才发现自己了解的世界仅仅是冰山一角。

以前我觉得比我牛的人，一定年纪比我大，在一线城市，读名校，有好的背景和资历，才有资格让我觉得牛。但这些老师里，有人比我小，有人比我资历少，他们并不都在名校，也并不都在一线城市，但他们都有自己的擅长领域。

三人行必有我师，只要你比我强，我就应该向你学习。每个人学一点，能学到的东西就太多了，这是我思维转变最大的一个收获。

· **差距不仅在于努力程度，更在于思维方式**

以前上课的时候，总关注些没有用的，比如说老师好看吗？声音好听吗？普通话标准吗？能不能引起我的兴趣？说话是不是啰唆？……一旦达不到这些标准，就觉得这课程不好，觉得上当受骗了。

有一次，我跟一个学霸讨论起课程，提到课程给自己的感受，他跟我说："他们不是专业老师，不是表演者，没有学过播音朗诵，不完美特别正常，你应该用他们讲的对你是否有用来确定是不是好课程，你是花钱上课，不是选美。"

能在短时期内成为一个领域的达人，并能够制作成为课程教学，他们的学习方法、思维方式与表达方式，都不会太差。

有时候你跟别人的差距，不在于努力程度，而是从一开始你的关注点和思维方式就错了。忽略那些有的没的，我觉得每节课都有新收获，哪怕只有一个知识点的收获，都觉得特别值。积少成多，思路开阔了很多。

· **反思自己有什么独特的价值与核心竞争力**

之前朋友邀请我在在行开课，我想了半天我能干吗啊，一晚上没想出来，为自己的无能感到忧虑。

所有开课的老师，放在生活里都是普通人，但他们都有一份自己独家的核心竞争力，比如说PPT玩得好，会演讲，会思维导图，会摄影，懂职场等，每个人都有出众的一个方面，自己呢？

以前我说过，要让自己的名字成为一个品牌，而不仅仅是一个名字。有一天，公司倒闭了，或者离开公司，那你还是你自己，除去名片上的那个职位，你还有自己的一切，还能被别人利用和需要，你才是成功的。

在今年的开年计划里，我给自己的一个要求是上至少50门课程，助理至少上10门课程，并写出详细的学习笔记。在这个知识爆发的年代，即使拼命学，都可能赶不上时代的发展。在上课的同时，不仅要思考课程内容，也要思考别人的思维与格局，不断复盘反刍，化知识为己用，才能真的学到，而不仅仅是听了一遍那么简单。

还是那句话，知识那么多，学也学不完，每天学习一个点，坚持一整年，你大爷还是你大爷，但你已经不是以前的你了。

你跟什么人在一起，就会变成怎样的人

看到同事一篇关于工作内容的文章，突然回忆起以前上班的时光。仔细回想，10 年前的今天，我第一次走进北京 CBD 的一座豪华写字楼里，开始了我的实习生涯。我的实习，持续了整整 14 个月，其间从未间断一天，之后无缝衔接地转为正式工作。因此可以说，迄今为止，我工作了整整 10 年了。

虽然我并不是多么牛的员工，但总的来讲，不好不差。我的职场，开心过也闹心过，哭哭笑笑走了这么多年。回想起来，记住的都是很多人很多事儿，对我的帮助和淬炼。他们一步步，把我从异想天开的小女孩，变成了一个自律自强又懂事儿，愿意为自己拼命努力的人。

10 年间，总会有一些人，一些话，一些教训，瞬间刷新了我的三观，瞬间就让我明白了社会运转的道理。今天分享影响我最大的 10 个道理，希望对大家有所帮助：

· **遇到严苛逼死你的老板，日后感激都来不及**

初入职场，自己就是一个锋芒毕露的凤梨，到哪儿都觉得自己不含糊，总觉得那些不断泼凉水给你的领导，是因为自己没本事而嫉妒你的才华。等3年后自己开始带小团队的时候才明白，看见刚毕业的小笨蛋们，是多想好好教他们成长，又是多么恨铁不成钢。职场5年之后回头去看，你发现自己80%的职场技能和意识，都是前3年极品变态的老板教给你的。

· **理解别人的不易与不同，不要只用自己的世界观看世界**

年轻的时候思想很极端，与自己不一样的，就是不好的不对的，恨不能与对方声嘶力竭地争吵。但花花世界什么人都有，不是别人错了，而是你固守着自己的价值观不肯松手。人各有志，每个人的想法因为各自环境背景的不同而有着巨大差异，理解别人的不同和不易，才能让自己的内心更丰富，而不是极端又刻薄。

· **山不转水转，同事之间别作恶**

无论是对领导，还是对自己的下属，别因为任何原因去作恶，山不转水转，都是一个圈子里的，除非你未来远离工作，远赴他乡，否则多少年后，很可能被反捅一刀。虽然同事之间谈不上什么闺密朋友，下班后就再见，连短信都不会发，但就算保持表面的微笑，也是日后能问句话的基础。永远记住，成年人的世界，就是互帮互助，互相利用。

· **你跟什么人在一起，就会变成什么样子**

如果有可能，毕业后的起点，请尽量找一个高起点的公司，哪怕钱并不多，哪怕有可能你在其中是最 Low 的。刚毕业的时候，每个人都是一张白纸，你周围人的样子，就是你的未来。而你周围的人，就是你进入社会开始的圈子，将奠定你未来工作和生活的认知与圈层。

· 把公司当学校，把老板当老师，才是最蠢的

毕业的时候总想着找一个能教自己东西的老板，也总想认识大咖，希望对方能提携自己，但凭什么呢？凭什么对方要花自己的时间、精力，去毫无回报地教你呢？把公司当学校，把老板当老师，才是最愚蠢的。总抱怨自己学不到东西，该怪的难道不是自己不好学？

· 学习能力比什么都重要

以为进了一个好公司，就能一劳永逸地养老了？市场日新月异地变化，你的存在对公司并不重要，你的价值对公司才重要。如何提升自己的职场价值，是每个人一直都要警惕的事情。不断地学习、读书、交流、听课、上学……越来越多的人紧迫地跑起来的时候，吃老本的你只会越来越被甩得开会都插不上嘴。

· 觉得老板变态的时候，换位思考一下

很多人骂老板变态，但等自己未来做了领导，比老板更变态。创业维艰，老板要考虑的事情太多太多了，大到公司未来，小到一包打印纸的价格，没有一个老板不想做个亲民和善的好人，但很多事身不由己。觉得老板变态的时候，换位思考，如果自己是老板会如何呢？或许你能理解很多。

· 30 岁的位置和资历，决定你未来能获得的资源和帮助

30 岁是很多职场人士的分水岭，这个时间的人，大多数已经工作五年左右，已经有了一定的积累和资历。如果说 30 岁之前，大家都是初入职场，到了 30 岁之后，一部分人会开始高速发展，因此 30 岁左右你能达到什么样的位置和资历，直接决定你未来能获得多少资源和帮助。

· 工作可能无法让你赚大钱，但它是积累经验，扩大视野，认识世界的最好平台

以前有个人跟我说，职场有什么用啊，我在外企就是个螺丝钉，但我业余时间做微商卖面膜，赚得不要不要的，比上班有用多了。

所谓的成功，不仅仅是钱，如果只为了钱，16 岁就能出去打工了，还读什么本硕博？工作给大多数人的只是一个月薪，但公司是一个平台，让你积累经验，扩大视野，认识更多优秀的人和更大的世界，这是你卖面膜所得不到的更珍贵的东西。

· 别把公司牛当成自己牛，离开公司这个平台你可能什么都不是

如果你进了一家非常棒的公司，只是因为你过去的资历很符合公司需求。对于大公司来讲，每个人都坚守一个岗位，与你合作的人，更多的是看到你所在公司的平台与名气，而不是你多牛。不信辞职之后看看，还有没有人会记得你。没有公司加持的时候还能拥有的能力，赚到的钱，合作的生意，才是自己的真本事，也是上班时要偷偷锻炼的最重要的内容。

打工所习惯的 3 个思维定式，让我创业损失了 200 万

· 太追求万无一失，总想着万事俱备才开始

看到过这样一句话：“这个年代，最大的风险是，你什么都没做。哪有什么运筹帷幄，都是一边交着学费骂自己傻 ×，一边调整方向。”

以前上班的时候，做什么老板都给安排好了，按部就班地做完，就没什么问题了，因此养成了主动探索、遇到困难就止步的坏习惯。一遇到困难就都推给别人，遇到新的事情，想都不想就说自己不会，做不了。自己就做分内的事儿，其他事情自己不想多费脑子，也就越来越不想钻研了。以为躲过了就没事儿了，殊不知这种畏难情绪才是真正阻碍自己进步的元凶。

我刚辞职的时候也是这样，因为辞职之后，很多人觉得我很自由了，来找我合作。但这种合作不是上班，没有固定的规范和标准，很多事情都要共同研究，第一次尝试往前走。自己总是想都不想，就拒绝了——

“我不会，不擅长，没时间，要带孩子。”

后来我发现，我错过了很多特别好的时机，很多做得不如我的人，最终取得了比我更好的结果。我一直习惯于跟在别人后面，等绝对安全了才出手，以为这样就是万无一失了。但绝对安全的时候，也是市场基本被占满了的时候。太追求万无一失，总想着万事俱备才开始，怕亏怕失败怕被别人占了便宜，可能就永远开始不了了。

· 不是不能，是从不把自己逼到绝境上

以前同事跟我谈起想要辞职创业，现在的工作钱不多，还特别辛苦特别累。他想了两年了，始终迈不出这一步。就算第二职业已经开始赚钱，而且已经超过了工作薪水，他还是没有勇气辞职。总觉得旱涝保收多好，其他的还能挣个吃饭钱。万一辞职一毛钱赚不到，不就喝西北风了？

其实并不是，因为还有个工作，总觉得自己还有个底儿。你还没被逼到绝境，逼到绝境你就什么都会了。大部分人的无能，不是不能，是没把你逼到那个份儿上。前几天谈到一个新项目，我想和他一起做。朋友跟我说没做过，不会。我告诉他，不要给自己预设一个不会的概念，这是上班久了的一个思维定式，如果不打破这个思维定式，就没法自己干。我也是那天跟他说的时候才发现这个问题。

观察周围很多自己创业，甚至只是一个做小买卖的人，他们的头脑特别灵活，经常只要一句话，一个点子，就能发现商机冲过去。因为他们没有后路，有任何机会都要搏一下。不搏可能就没饭吃了，搏一下可能有大商机。他们五湖四海三教九流都认识，遇到任何问题都

能从电话本里翻出一个人，打电话去问一问。

相反，上班很久的我们，习惯了按部就班，多费一道手续都嫌累。遇到商机可能只是简单地看看，感叹一下可能会赚钱，但想到要赚钱可能需要自己付出很多，也不知道上哪儿找人，周围都是跟自己一样的上班族，没门路没渠道没人脉……算了，还是在家歇着，看看电视刷刷手机好了。平时不留意，觉得上班下班就够了，关键时刻自然只能看着机会叹气。

· **对自己的人生要求，只剩下吃喝玩乐**

朋友跟我分享过这样一句话："已经筋疲力尽想放弃，但又坚持了下来。"

我说我对这句话太感同身受了，特别是这两年，工作量比以前大了三四倍，但一直在怀孕生子哺乳期，每次工作到晚上的时候累到不行，但想想自己辞职了，要想做出点成绩，随便放弃怎么能行呢？难道我要做一个两手空空，只会买买买和讨论屎尿屁的妈妈吗？我一直觉得，一个人懈怠的开始，是对自己没要求了。

上班几年以后，大部分人都度过了人生最穷的青春奋斗阶段，手上有点钱了，能大幅度提高自己的生活品质了，因此对自己的人生要求基本跟工作和奋斗也没什么关系了。周末去哪里吃喝玩乐，年假去哪里旅游淘货，成了最大的话题。而工作，差不多按照流程对付一下就好了，只要不出错，万事大吉，客户要什么我给什么，哪还会想着什么不断精进，不断进取？

我们不是不够努力，是对自己没要求以后，就会潜意识地说服自己，要那么拼干吗？人各有志，我就不想要那么多钱，不想买房子买车，我这样的人生不也挺好的吗？不一定要很多钱，不一定吃很好，不一定穿新衣服，不也一样过？

我有一个朋友，对自己要求特别高，高到我都觉得她变态了。有次聚会大家都说数她最有钱，运气真好命真好，赶上了赚钱的好机会。她淡淡地说："你要跟我一样要求高，你也跟我一样有钱。"

现在算算，那些我错过的最好的时机，最好的市场，那么多机会我想都不想就说不，遇到困难马上就有想躲的借口。如果把这一切都反转，我至少多挣 200 万。

不会的，要让自己会，而不是推给别人；不懂的，要让自己懂，而不是摆摆手放弃；与不断被撑大的欲望相匹配的，应该是不断提高的对自己的要求。不要过快地否定自己，错过的机会，一辈子只有一次。你没那么牛，别想着拒绝之后还有人三顾茅庐。把"我不会，我不行"换成"我试试看"，多总结经验教训，别老给自己的失败找理由。这是我辞职之后，花 200 万学会的最重要的事儿。

别认输，因为没人希望你赢——用 3 年时间才明白的 6 个戳心现实

这几天朋友圈很多人在刷屏——回顾自己 3 年前和 3 年后的对比。大半夜的，我拿着手机也想写写自己的，却总觉得我的 3 年前后，变化太大，大到这个小小的空间，有点写不下。

3 年前，我还没结婚，在一个光怪陆离的格子间里，拼命地加班。那是我人生，甚至是职场里压力最大的一段日子，每天回家坐在床边的地上，靠着床边发呆，连灯都懒得开。半夜总是惊醒，总觉得有东西还没做完。第一次做项目管理，第一次带那么多人，第一次跨组合作，第一次忙疯的时候被老板调走了人。连续熬夜了两个多月，我的下眼皮出现了一条深深的眼纹。

当我把一切做得很漂亮，客户为我们开了庆功宴之后，一直看不惯我的女老板跟我说："我觉得你还不够用心啊！别问我为什么，就是一种感觉。"

我知道，因为我在工作之外，还在坚持写作，领导觉得我居然还能在下班后写作，一定是我工作量不饱和。虽然我后来换了组换了好老板，但这件事我依然记得，像一根针，扎在我心里。

3年后，我不仅结了婚，有了爱我的老公，还有了一儿一女两个孩子。我有自己的公司，自己的团队，我做着辛苦但让自己有成就感而且能赚钱的事情。我出了百万级畅销书，被翻译成多种文字发行，两次进入作家富豪榜；我有了自己的品牌矩阵，挑战越来越多自己从未想过的事儿；我鼓励我的所有员工，工作之外要多发展自己的爱好。明年，我还要引入专业的职业经理人，让自己的个人品牌，越来越专业越强大。

想要毁灭你的，会让你变得更强大。3年，够了。

过去的3年，我不敢说我做得特别好，但我能说，我一定尽力了。看看3年前照片里的自己，时间写在脸上，更写在自己的越来越坚定的心里。当然，过去每一年的“时间的朋友”跨年演讲也都是我年底的期待，每年的演讲稿都是看了又看，有一些金句写在了时间的烙印里。

今天，我想把自己印象里最深刻的跨年演讲金句，和自己这些年感受最深的几句话与大家分享，这些话不仅仅是6个观点，更揭示了这个发展迅速的现实社会中6个赤裸裸的真相。

1. 创业者的世界里只有两样东西：有待解决的问题，和正在尝试的办法

一位朋友曾跟我讲，自己做了老板才知道员工和老板的最大差距是什么。作为打工者，每天只想别给自己找事儿，出了问题只问怎么办。而作为创业者，作为老板，每天想的都是如何解决问题，自己还能做什么。这是一个人创业之后最大的收获，而这样的思维方式，也是最终走向成功的开始。

2. 所谓更牛，就是换个罪受

今天朋友跟我讲她老板特别有钱，每年投资理财的分红就有上百万。她老板第一次创业做建材，第二次做餐饮，第三次就是现在，做新媒体。前两次都以上亿的价格把公司卖掉了。他之所以不断折腾，只是为了实现创业的激情和野心。所谓牛人，就是不断给自己没事儿找事儿干。

3. 做一件有价值的事，一直做，然后等待时间的回报

这个时代不缺人才，更不缺财富，但缺少耐心。人心浮躁，光怪陆离，太多人坚持一礼拜看不到回报就立刻放弃。真正的创业者，需要的不仅仅是认准，更需要坚持。好想法不少，但能执行的太少。

4. 奋斗的人两会：必须会，一定得会

朋友圈看到一段话："生孩子，明明知道痛，可却还是生了。投资，明明知道有风险，但还是投了。一点都不想付出，却想着月入过万，十几万？那是做梦了。成功人的两会：开会、培训会。普通人的两会：约会、聚会。穷人的两会：这也不会，那也不会。奋斗的人两会：必须会，一定得会！"

5. 大多数人看见后才相信，但领导者和富豪先相信再看见

大多数人面对机会，总会问东问西，希望全世界的人让你同意并支持自己，都不一定敢往前迈一步。倘若有一个反对的声音，就能把自己陷入难以抉择的深渊里不能自拔。领导者和富豪的不同在于，他们先去相信一件事情，然后用自己的努力去证明自己所想象的正确性。

所以，你竭尽全力还是无法成功的最大桎梏，不是因为别人有心机有背景，而是你万劫不复的内心。

6. 使用时间的方式，就是我们塑造自己的方式

如果你正在逼近中年油腻，如果你觉得大脑的运转速度在慢慢降低，如果你看着日新月异的世界担心自己被迅速落下，那打开内心吧，让自己不断归零重建，了解世界变化，多关注外面世界，才能更好地塑造自己的生活。

这三年来的你我，都有什么变化？又有什么心得？自己失去了什么，得到了什么，又对未来有着怎样的憧憬和期待？“人生苦短这件事，我们会经常忘掉，所以，**别认输，没人希望你赢——你再不努力，再不做点事，就真的来不及了。**”

那些太想成功的人，最后都怎样了？

1

前几天第一次拒绝了一个客户，时间紧工作重，我累极了，感觉没办法再拼上去打一仗了。

我是个从来不会拒绝工作，拼命往前跑的人，第一次拒绝，感觉我突然学会了放过自己。最近周围很多朋友焦虑和抑郁，在我们这个年纪，特别是周围的环境都极度积极进取向上的时候，自己就会恐慌。稍微一松懈，就会落后别人好多好多。周围的人都太拼太拼了，拼到感觉周末用来睡懒觉都是奢侈的。

朋友跟我说："我现在最大的愿望，就是扔了手机，一个人待会儿。"现在的工作都是微信送达了，随便什么事儿拉个群就开始无尽地叨叨叨……看着就头疼，还从来不分时间地点，夜里12点也照样在说话。

以前不好意思退群，后来有一天突然想通了，豁出去了，爱咋咋地，就不爱进一些根本没什么用，瞎客气打招呼假装很热情的群，一个个全退出来了。可能背后也有人在骂我，但自己听不见，爱咋咋地。

30 岁之后最大的改变，就是自己特别笃定喜欢什么，想要安静淡然地过好自己的生活，不喜欢任何哗众取宠的事情。开始喜欢慢慢地生活，比如喝茶，看报纸，喜欢传统胜于新潮的东西。就好像你们都喜欢刷各种日韩剧，我就一直追我的《乡村爱情》。

你看，挣扎了那么久，总想往新潮的方向跑，最后还是回去了，过成了一个老年人的生活，还挺心安理得的。

2

前一次出差，顺便还带着儿子和家人一起。当时计划了一些旅游行程，里外里一算，正好出差挣的钱跟家人的机票酒店吃喝游乐场要花的费用一样。

我跟同事说："天啊，这票白干啊！"

同事看了我一眼说："你这不就是白玩一趟吗？多好！"

咦？这么一想，心里舒服多了。你看，同一件事情，角度不同，事情的性质一下就不一样了。

有时候我们觉得紧张、焦虑和烦躁，其实都是钻进了死胡同里，心里不肯放过自己。其实退出来，换一个角度想就海阔天空了。

有时候我们觉得自己不这么做就表示自己输了，其实没人盯着你一直看，大部分人还都更加关心自己的生活，只是顾得上的时候看看你，所以别太把自己当回事。你输了赢了其实没多少人关心，其实也无所谓输赢。

换句话讲，输了又能怎么样呢？太想成功，会成为人生的软肋，把自己步步逼死，最后下不来台，也没人在下面接着你。

乐观和悲观的人，看到的世界，真的完全不一样。而不肯放过自己，多半是只看到了悲观的那一面，一条道走到了黑。其实往回走走又如何呢？自己真没那么多的观众。

3

上周上英语口语课，老师可能是一个新手，网络声音没有调试好，很着急但还是听不到。他说特别希望我还订他的课，他很想给我上课。于是我续订了他明后天的课程，希望他的这份工作有一个好开端，让他能有信心坚持下去。现在的我，总觉得别人不容易，要包容，要给别人机会，别占尽了道理就得理不饶人，可能是因为我老了吧。

同事跟我说："以前特别不喜欢中庸，觉得那都是妥协，但现在到中年了，觉得传统文化里有很多东西，是顺应天道的。"

旅游的时候，不再刻意追求国外的各种高大上，反而是乡村僻壤的古建筑、长廊回栏下的每一个雕刻里都蕴藏着古老的文化。看一眼，眼前就开始有了充实的画面感。开始喜欢生活气息浓厚的剧，看来看去，还是《大宅门》能看几十遍都不烦。

我发现我每天都在改变，在放过自己，不再纠结很多事情，变得跟我家的老人一样。这让我觉得惊奇，也觉得有趣。老公说："估计你老了就是跳广场舞的那种老太太。"或许真的是，我可能到时候还能学会打麻将。

以前我特别害怕老，但当我真的开始有了几根白头发的时候才发现，老算个什么事儿啊！老并不可怕，可怕的是老了，还无法沉下心来去看待周围的一切，还慌慌张张地生活。

人，总是年纪轻轻的时候不肯放过自己，年纪大了就什么都豁得出去了。其实也不是豁出去了，而是**内心有了更多的沉淀和积累，就不会再害怕不被认可，不会害怕被人背后说坏话。**慢慢褪去浮躁，安下心来，看什么都了然于胸。知道自己的使命，就不会人云亦云了。

学会柔软，学会笃定，学会尊重不同，学会放过自己。

跳槽一次薪水翻10倍的人，都是怎么做到的？

又到年底了，每个公司内部都开始有了些许蠢蠢欲动的声音，拿了奖金就跳槽，成了每个年底最热门的话题。每个想跳槽的人，都梦想着换一家公司就能过上自己想要的生活，然而现实总会让人失望。

很多人跳槽，都只是觉得干得不爽了，老板穿小鞋了，随便翻翻网上的需求，或者看到朋友公司有差不多的职位，就在匆忙中投简历。即使录取了，换到另一个公司，工作跟以前差不多，只是薪水多加了几千块而已。这样的跳槽看起来行动得非常快，也卓有成效，但只是从A坑到B坑里，对自己的提升毫无作用，甚至有可能掉进另一个更深更倒霉的大坑里。

我身边有一个朋友，他第一次跳槽月薪翻了10倍，第二次跳槽他迅速进入了行业的高位，现在毕业刚刚10年已经财务自由了。之前听过他的一个分享会，他的高薪跳槽有这么几个窍门：

1. 从入职开始，尽早着手打造一个行业稀缺的核心竞争力

举个例子，在新媒体最旺盛的时候，大数据是一个国外才有的理念。我一个做业务的普通同事从国外购买了相关的书籍，并开始研究。等到全行业开始认识和研究大数据的时候，她已经成为大数据领域的专家，一年时间，从业务执行中迅速脱颖而出，成为跨国公司最年轻的总监。

2. 利用新媒体，建立自己名字的价值和影响力

比如现在的微信、微博、头条、在行、分答、网络课程……这些都是能够让你迅速建立自己名字的影响力平台。看看现在互联网上够红的各行业人才，他们的跳槽，简直就是各路大神捧着钱来挖。

3. 做跨界达人，进入不同领域圈层，延伸自己的能力与人脉

“据全球人力资源服务机构 Kelly Services 与智联招聘等机构联合发布的《Kelly Services 全球雇员指数调研》显示，在中国，许多职场人考虑动一下已不再是简单地换个工作，而是离开熟悉的行业和岗位，转投其他行业或领域，寻求全新的发展机会。”

由此看来，**发展自己的不同领域的爱好，建立自己的跨界优势，多参加集体活动，进入不同圈子，打造自己的跨界人脉，是跳槽翻倍的重要因素之一。**

随着互联网的发展，跨界已经变得简单又方便，越来越多的跨界人才在不断涌现。今年全球特别火的一个概念“斜杠人才”（指一群不再满足“专一职业”的生活方式，而选择拥有多重职业和身份的多元生活的人群），其内核精神也是跨界人才。培养和拥有不同的爱好和身份，成了目前年轻人中一件特别流行的事儿。

但是，很多人空有这样的目标，却不知道如何实践，或者做起来笨拙又费力，总觉得不得要领。作为一个从毕业就开始跨界，并且还算做得不错的人，星姐给你三个小建议：

4. 思想开放，愿意挑战自己接受新东西

大多数人的好奇心，会随着年龄的增长越发降低，到 30 岁左右的时候，日渐故步自封、墨守成规，排斥一切新鲜事物，鄙视一切新思想新观点，拒绝参加一切新活动。但纵观同龄人中的佼佼者，一定是那些锐意进取，不断创新，接受新观点新事物特别快的那些人。

5. 与专业人士系统学习新知识，而非自行摸索

跨界本身就要用更多的时间精力，因此在有限时间内高效学习尤为重要。从开始就向专业人士系统学习，而非自行搜索查找，是一个特别重要的特征。自学看起来简单又省钱，但会消耗大量的时间，还有可能误入歧途。我最近热衷于学习滑雪，请了一个滑雪教练，他在朋友圈写了这样一句话，我觉得很对："互联网时代，什么都能自学，但专业教练的价值在于细节。"

6. 拓展自己的业余爱好，找志同道合的社群学习

现在什么最火？那一定是个人品牌的建立。太多的人一头扎进了疯狂学习的汪洋大海里，其中最流行的学习方式要数加入某个志同道合的社群，不仅有专业大咖能给你各种专业方法的指导，最重要的是大家在一起学习的氛围，让你更容易坚持，也更有热情参与其中。

那个年入 1000 万的人说，他是他们圈子里最穷的

周末跟一个创业组织的人聊天，她说最近在准备培训，上周忙着收集学员材料。因为我也创业，我就不要脸地问她："你说我算不算创业，能进你们那高大上的圈子吗？"

她抬头看了我一眼，翻了翻白眼说："这么跟你说吧，这次学员登记，有个年收入1000万的公司，他问他能不能不填公司盈利，实在没面子。"

哦！

我想起了朋友小令跟我说，她的餐饮店开了全国十几家，过年回他们村儿，她是全村儿最穷的……江浙一带的商人有多厉害，我真是想都不敢想……我估计连进他们村的门票都买不起吧。

这两年我最大的感受就是——自己没见过的、不敢相信的事儿太多了。这几年我认识了很多人，他们都不能用优秀来形容，只能用"不是人"来形容。我经常潜伏在他们的群里，看他们聊业务的事儿，偷偷算一下他们挣钱的数量和速度……

之前看S老师的一篇文章，提到他圈子里的各位大咖，春节只休息了一天，就进入战斗状态了，我便摸着良心问自己，是不是过得太安逸了？

我问朋友："你有没有感觉到一个奇怪的现象啊，就是30岁之前还没觉得什么，因为大部分人都在公司里上班，领着死工资就挺满足的。但30岁之后，身边的人好像一下都暴富了，孩子培训班花几万几万的不是事儿，私立医院高端医疗"唰唰"买单，房子说换就换，还有几百万办移民啥的，咋都这么有钱呢？"

朋友跟我说："你说的是不同人的思维方式和行为结果。这么说吧，大部分的人，都是就喊喊我要挣钱我要有钱，但怎么挣钱，完全没有头绪。心里一边构想着宏图大志，一边朝九晚五在家泡脚看电视，稍微努力点儿，就担心自己过劳死。这样的生活状态，能按时领回来工资就已经很不错了，更多的就不要想了。你看到的有钱人，他们的思维方式决定了他们30岁之后过上怎样的生活。"

我转脑子想了想，从身边的那些有钱人身上，我仿佛看到了几个秘密……

1. 技多不压身，拥有随时转换轨道的能力

过了30岁，很多人都辞职自己单干了。这些人里，有人依然做以前上班的那些事儿，但有些有其他技能的人，就不一样了。技能越多，跨界能力越强，到处兼职的机会就越多。此时大部分人都已经有些资历，靠自身资源和经验挣钱，而不是靠时间。所以你发现，他们好像一天天挺闲的，但钱多。这些钱，靠30岁之前的积累和铺垫。

我想起去年年底我收到过一位读者来信，她给我发了一个文件夹的截图，她给自己定了一个目标，一年学30门课程。每个课程用思维导图做了详细的笔记。这30门课程，有我推荐过的，也有她自己找的。

她给我写信，是想告诉我，一年前她就是个什么特长都没有的普通员工，过着无聊就打麻将的日子，她这一年最大的成就，就是逼迫自己成为一个能坚持的人，学到了不少特别厉害的技能。现在她用新技能不但成了公司里的哆啦A梦，还结交了很多不同领域的各种爱好者和达人，人脉圈今非昔比。自己打算再在公司里工作两年，然后再靠自己在众多技能领域积累的资源和人脉，出来单干。

当时只是赞美她好用心，现在想来真是个聪明透顶的姑娘。

2. 你的格局和眼界，决定你的未来

做人跟开车一样，要往远处看，不能盯着自己面前1米的地方。别总自以为是，以为自己的认知就是全世界的真理。

见不得一点不同意见，看不了一点不同的人和世界，是人生进步的最大阻碍。

但凡对这个世界多点儿好奇心，对别人的成功多点儿虚心请教的态度，人生天天迈大步，速度快到自己都害怕。

此前写了一篇文章，提到很多人用技能挣钱，一部分人嗤之以鼻："骗人，忽悠谁呢！"

但你可能不知道：好的PPT美化设计，一页报价1000块，而且一页难求，给钱都要约排期；我老家楼上的英语老师，下班时间在自己家里组织英语培训班，5年就买了新房；小时候跟我一起学书法的同班同学，她现在是老家有名的儿童书法培训学校校长，分校开了十几家；我高中的语文老师，10年后已成为语文一霸，现在网上教语文课，月入十多万；都是身边的人，干着我们想都不敢想的事儿。很多人不是没技能，是压根没想过；很多人想过，但想想太麻烦了，周末不能睡懒觉了，算了吧！

3. 你看不上的事情太多了，难怪赚不到钱

以前我哥做商学院老师的时候，跟我讲过一件事儿。他有一个学员，现在做内衣创业，在网上卖得超级好，还给我快递了两件。据说他最开始家里困难，但发现老家没有卖女性内衣的好店，于是就在老家路边开店。一个男的卖女性内衣，真是难为情，很多人骂他，觉得他有病。

卖了一段时间他发现，很多欧美大牌的内衣，并不符合中国女性的胸型，因此他开始自主研发设计。他没什么文化，只能把钱都投进去，请行业里的专家帮他。我哥认识他的时候，据说已经做到很大了，在淘宝上也已经数一数二了。

很多人只看到了事情很 Low，却没看到这背后的能力，自己是否有呢？很多人都觉得自己是干大事的人，小事不是自己擅长的，请问你是擅长发射卫星吗？

4. 你要有口猛气，别有那么多玻璃心

我曾收到一个读者评论，可以说看到很惊喜，也很感动。

他说："只有朝九晚五的工作后依然努力的人才相信星姐的话。我在四线小城生活，辞职前年收入就是工资加一点点项目收入，公司稳定但管理严格。辞职后用自己的专业挣钱，收入不止翻两番。虽然并不知道这样的收入水平能持续几年，但是当环境逼自己到某个节点的时候，只能不断地拓展自己。刚妈妈还说，这个假期挺安静，没有人打电话说工作的事情。我说，恐怕以后除了过年的几天，就一直会

是全年无休状态吧。”

现在年入百万根本没有年龄差距，95后年入百万也有的是。关键是，这种人总是少数，现在大家都很焦虑，能沉下心来好好做事儿的人凤毛麟角。大部分人只是惶惶不可终日地混着，以为焦虑了自己就充实了一样。

我观察过很久我周围收入高的人，无论辞职创业的，还是下班后有第二职业的，这些人的一个共同点就是，憋着一口猛气，使劲儿往前冲。

具体怎么表现呢？

随时随地在工作，干什么都像打了鸡血，根本不用别人催，高度自觉高度自律，求他都不想休息，每天恋恋不舍地去睡觉，下班只是换了家里的办公桌继续干而已。

你经常会觉得，**那些成功的人，总是像开了挂一样，干什么都顺，那是因为他们干什么都憋着一口气，整个人的状态随时随地要战斗，这种精气神，干什么都能赢。**

我的朋友林光锐说过一句话：“个人观察那些官员、老板、高管群体，基本没有法定节假日周六日的概念，他们是想休息时就主动调整自己的节奏。慢下来就是休息，学习钻研就是休息。”

普通人才有节假日、周六日的概念，所以他们的周六日基本是睡觉补觉，还有工作忙碌后的不知所措，所以需要用电影、电视剧、游戏、打牌、喝酒等负向循环的事情去填充，这对于他们来说又是一次消耗，所以上班累、休息更累。

还是那句话，你要想有钱，你要去追钱。如果你连挣钱都要别人开导你，都要人盯着、看着、哄着、鼓励着，劝你还是别干了，你就应该穷。

30岁之前最后悔的10件事，一辈子都没机会弥补了

一眨眼就30岁了，古人云三十而立，尽管表面上看没什么大错，生活工作都很顺利，但总有一些看似不起眼的小事，做错了一辈子都没机会再弥补。

1. 只在一个行业做了8年，没有尝试过其他工作

从大三实习开始就从事公关行业，一直做了8年，直到辞职。这期间没有尝试过其他行业，连相关行业都没尝试过，这是迄今最为后悔的一件事，这让我在理解很多事情的时候眼光和视野很狭隘，容易靠自己的猜想来思考问题，而不是根据客观事实。没经历过就不会懂，没见过万千世界的好与坏，就无法在未来选择更多。年轻的时候拓展自己的眼界，做做不同的事情，非常有必要，等年纪大了想换行业开眼界，成本已经高到换不起。

2. 没有早点生孩子

没孩子的时候觉得不想要孩子，孩子太烦人了。生完孩子以后发现生晚了，我29岁生第一个30岁生第二个，无论是怀孕还是生子还是产后，再加上工作，还是很辛苦的，体能的挑战很大。看看周围25岁生了孩子的，现在孩子都能打酱油了。有个朋友毕业就生孩子，现在孩子都小学要毕业了，她现在想干吗干吗，孩子已经完全独立，想去哪儿说走就走。想想未来，我50岁的时候孩子才上大学，越想越闹心了。

3. 没有太多时间去交友

我的大部分时间用在了工作和个人爱好上，没有太多时间跟朋友们出去玩或交流感情。大部分的朋友都是同事或网友，少有特别亲近无话不谈的朋友。我经常想，如果有一天我有了困难，需要给朋友打一个电话，我该打给谁呢？

4. 想太多，总是亲力亲为，责任心过重不洒脱

我自己个性太过独立，不依赖任何人，不太容易信任别人，什么事情都自己做，自己操心，不敢放手，不敢放权，这么多年工作下来非常辛苦，无论什么时候都亲力亲为，思想上做不到洒脱，责任心过重，用助理的话说就是："一看就发不了大财，想太多。"

5. 生活得一直很循规蹈矩，很正经

作为一个曾经的年轻人，生活一直循规蹈矩，连一次夜店都没去过。现在看到朋友圈里很多小朋友晚上出去喝酒出去浪环游世界逛大街都

很羡慕，如今的我拖家带口的也不好出去混世界了，不过就是好羡慕啊。一直过得太保守太正经了。年轻时候不去肆意洒脱，有了拖油瓶就浪不起来了。

6．上学的时候不够努力，囿于惯性的偷懒思维阻碍了自己太多

小时候学习经常偷懒，总想着今年上完某些内容再也不用学了，但这种每年都不求甚解的习惯积累下来，行成了一种惯性的思维模式。名校和非名校的区别还是很大的，最重要的是资源和思维方式的区别。现在自己知道勤奋了，但已经错过了上学的时机，只能吭哧吭哧地用努力来弥补了。

7．拒绝压力和挑战，让自己错失很多好机会

有段时间我过得特别安逸，不想额外承担任何事情，也不想做任何挑战，天天吃老本儿，谁跟我说挣钱的事儿我都听着累。吃老本的日子也不好过，每天生活在诚惶诚恐里，总觉得未来很快就没钱了，但也不想做任何改变。当时有很多事有很好的机会，但就这样错过了，可能一辈子再也遇不到那么好的机会了。

8．对物质没什么兴趣，缺乏对美好事物的期待和欣赏能力

很羡慕别人对物质有要求，吃美食，买包包，买好看衣服……我是个对物质没什么要求的人，怎么都能过，什么都能凑合，虽然这样很随遇而安，但生活品质总也提高不上去，没有对美好事物的期待和欣赏能力。

9．太在乎别人的评价，很多事情没法放开手脚去做

年轻的时候特别在乎别人对自己的评价，一点差评心里就搅和得特别难受。尽管知道无法让全世界都喜欢自己，但还是无法洒脱地放开。虽然现在已经完全不在乎了，但曾经的这段经历，对自己伤害很大，并且很多事情当时没法放开手脚去做。

10．花太多精力教育别人，浪费了很多时间

好为人师，是最大的问题，看不惯周围的人，总会不由自主地教育别人。对方未必听，可却浪费了自己大量的时间和精力。年轻的时候特别怕别人不知道自己，总是想尽办法地招摇，年纪越大才越明白，**过好自己的生活，别给别人添麻烦，别去祸害别人，就已经是每个人尽全力都不一定能做好的事情了，犯不上满世界给自己刷存在感。**

你以为穷是因为赚得不够多？

跟一个老板朋友的助理一起聊天，她拉着我说："星姐我跟你说，我老板永远都会有钱，她的思维方式跟我们不一样！"

我问她："快跟我说说你那老板有多不一样？"

她说："星姐你看，我们挣钱是为什么？是为了花，为了买自己喜欢的东西！我老板不是，我老板就喜欢数'0'，就喜欢看到账面有很多钱，她就为了高兴，觉得自己比别人更聪明！我们从开始就输了。

"我老板家有三个孩子，一般人有三个孩子压力老大了，我老板不，她说她三个孩子将来一人学一门特长班，回来教另外两个，不教就不让你学自己喜欢的。

"我老板化妆品就用 20 块钱的 ×× 莲，孩子的衣服都是四手的，双胞胎的衣服就没有一样过。她大儿子 6 岁已经打算给自己爸妈打工了，还要求工资多开点。

"我们都说我老板这简直缺乏母爱啊，但是说真的，未来他们这一代孩子将来进入社会竞争的时候，我老板的孩子肯定竞争力极强。”

这是个多么变态的老板和亲妈啊，但仔细想想，我们跟这些富人的差距，从一开始就拉开了。

这么多年，我就特别喜欢跟周围的富人在一起，不是因为他们有钱，而是因为他们的富人意识，让我特别受益。他们对人生很多问题的看法和做法，跟我这种普通人家出来的孩子完全不同。虽然我挣钱不少，但在心里和意识上还觉得自己是个穷人，因此他们所说所做的每件事每句话，都让我觉得眼前一亮。今天我们就来一起分享下，这些年富人教给我的那些事儿。

金钱意识

- **想要有更多钱，首先你要敢说出自己爱钱**

想要有更多钱，首先你要敢说出自己爱钱。很多人自己想要钱，但不好意思说，觉得特别俗、特别土，就跟你有多洋气似的。有的人想要有钱但赚不到，就去挤对别人；还有一种自己没本事赚到钱，就云淡风轻地说：“钱多钱少都一样过，我觉得我比有钱人过得舒服。”

- **用钱就是为了钱生钱，不是为了乱花钱**

我有次去了上海顶级的怀石料理店，店主是个年轻的女孩子。这家店一天只接待20个晚上的客人，从不翻台，我们还是托了关系才订到中午的位置。店主接待了我们一会儿，就告辞去了隔壁法餐厅，那也是她的产业。她主动告诉我们：“法餐厅是一个自己给自己的礼物，本来过生日想用10万买个包，但最后决定还是把隔壁要低价盘出的法餐厅盘下来。同样是10万块钱，法餐厅可以升值，如果买了包包，可能已经扔在柜子角落里了吧。”

· 专注挣钱，而不是如何省钱

以前经济危机的时候，各大论坛里有一个话题特别火：“如何用100元过一周？”很多人介绍了节衣缩食的好方法，为一礼拜省了20块水果钱而高兴。但如果把这点工夫用在努力赚钱上呢？还是以前那句话：有砍价的工夫，不如多赚钱。

· 目光长远，敢于承担风险，并为风险暂时承担辛苦

我的一个朋友的同事十年前买的别墅，120万，当时首付是20万。他借了30万，自己出了10万，买了两栋，为此辛苦还钱拮据了很多年。现在两栋别墅的价格月租一栋6万，卖的话一栋2000多万。

现在她两个儿子在国外读书，学费都来自房租，一点压力负担都没有。加上自己事业也到了巅峰，收入不低，自己和太太在国内过得太滋润了。可当年，谁会借钱在荒郊野外的地方买房呢？

很多人都觉得买房子要节衣缩食啊，好辛苦啊，但人到中年你挣的钱可能买房还要节衣缩食，再加上上有老下有小，还要还房贷可能根本就买不起了。自己穷，还要拖累着老人孩子一起过得艰难，这才是人生最悲苦的事情。

做事思维

· 抓住一切能让自己赚钱的机会，不怕麻烦不怕有野心，才能实现爆发式成长

十年前刚入职时公司合作的快递小哥，每天帮我打包公司拍片用的各种衣服包包寄到全国各地。我记得他问我为什么不能在北京拍，我说因为有些要求的摄影棚在不同地方。不久后我很少见到他了，以为他辞职了。

去年我联系到他，他已经在全国开了数十家专供大牌拍摄用的影棚，早就成了大老板。难道我们当时没看出来这个市场吗？我们不是没看见，我们作为一线的执行人员，完全可以看见，但太懒，也没野心而已。

· 注重自我投资，在知识积累和人脉建设上舍得花钱

有朋友问我，圈子里的 ×× 是如何认识那么多牛人的？虽然他是很牛，但最开始的时候怎么得到机会的呢？我说，因为他一开始疯狂给大咖们每天打赏，打了二十多天，终于换来牛人一个回复。发现牛人需要帮忙的时候，立刻马不停蹄地免费帮忙，得到牛人们的信任和好感。还有平时自己吃到好吃的好玩的，都不忘给牛人们也买一份分享。**当你让别人觉得欠你的，对方才会无条件地时刻帮你，把你带入他们的圈子，介绍给更多的牛人。**

你以为这是拍马屁吗？这是人脉投资。正因为你学不会，所以你根本混不进人家的圈子，也没法认识更多牛人——舍不得孩子套不住狼。

· 遇到问题不抱怨，不找理由开脱自己，而是寻找解决方案

以前刚入职的时候，大老板跟我说："职场上遇到任何问题，不要光提问题，要在提出问题的同时，给出一个你认为最好的解决方案，否则你不要说话。老板是找你来做事的，不是找你来提意见的。"

越是成功人士，每天遇到的问题和麻烦越是比我们多得多，但他们比我们更能干的是，他们给每一个问题找方法找答案，而不是徒劳地抱怨和愤怒。

- **一切有利于自己进步的狂吸收，热衷于新生事物**

有天看到一段话，普通人看到新生事物的反应：看不见，看不上，学不会，跟不上。

成功人士看到新生事物的反应：找人学，花钱学，赶在所有人前面学。

- **对自身要求高，喜欢挑战，迎难而上**

平定刻花瓷大师张老师跟我说过："我们家祖上三代都是做刻花瓷的，如果我就是继承手艺做下来，那我早就会了，但我的目标是把刻花瓷做成国家非物质文化遗产，让这门技术在我这一代手里不仅仅是继承，还要发扬光大。如果我每天只想着做几个就够买菜钱了，那这一辈子也就那样了。"

“你别这么拼，别比你老公强了，你可是个女人”

1

出生在农村的小 Y ，从小就生活在有着重男轻女观念的家族里，家里只有奶奶和爸爸最爱她，可惜爸妈离婚了，她一直跟着奶奶长大。她发誓为奶奶努力奋斗，可自己真的有几百万在卡里的时候，奶奶已经去世了。

“自从我奶奶去世后，我觉得，这世界上没有人爱我了。”

穿着 Prada，提着 Chanel 的小 Y，已经成了大城市的金领，但依然无法从自己心中的深渊里走出来。

她跟我说：“我 18 岁的时候，我爸去世了，我家亲戚让我嫁给村里开小店的男人，因为对方说可以给我弟买房子。我骂了他们，上大学逃出来了。我一直以为，我长大了我妈会对我好一点，现在我才明白，我妈对我好，是因为我有钱，她只是想从我这里骗钱给我弟。

“我的朋友都觉得，我现在挣钱多了，脾气也大了。其实我从小脾气就很坏，因为他们都喜欢我弟，觉得我是女孩子。

“这么多年，我拼命挣钱，我一直以为我是因为穷才没有安全感，等有钱了我才知道，我的不安全感是我妈不爱我，她觉得女孩子就是不值得被爱的，因为她自己就是被这样对待长大的。她只能用这样的方式对待我。这么多年，她都没有试着去做一个有责任心的母亲，她的世界观从来没有变过。而最让人绝望的是，无论我怎么做，怎么对她付出，她都不会爱我。”

尽管小 Y 已经很有钱了，但我总会看到她在光鲜背后的眼泪。她好像也很少跟我说好事儿，一开口准是家里妈妈来投奔她了、弟弟问她要钱了、村里七大姑八大姨又怎么议论她了……

重男轻女的梗，像一根针，牢牢扎在小 Y 的心里。

2

现在反过来了，很多人想要女孩儿，特别是城里。如果生了两个男孩，感觉就是个灾难。为什么想要女孩了？因为生活压力大，男孩子要给买房买车娶媳妇，女孩不需要这么多东西。这样听起来感觉更像一场灾难，而且是升了一级的重男轻女，为什么女孩就不需要给了呢？我也有女儿，我从来没觉得养女孩省钱，甚至觉得养女孩更花钱。如果将来儿子女儿自己能干，那都自己买房买车。如果将来不太能干，那就一人给一套。

无论在任何环境里，自己手里有，就是底气。结婚是两个家族的事情，娘家的底气，就是女儿结婚后的底气。我见过周围至少三个朋友有孩子后三个月就开始闹离婚，但又不敢离，因为离了没地方去。

自己钱不多养不起孩子，关键是没房子，根本没地方去，带着孩子离婚，更是个灾难。

于是，只能忍着一切不舒服和不高兴。房子是老公家买好的，家里经济支柱是老公，每天唯一的念想就是出去上班，才能呼吸一口新鲜空气，但却没什么时间精力去换一个更好更赚钱的工作。

老公随口一句“你以为我养你和孩子容易吗”，就可以让你无法还击。

有一次有个妈妈跟我讲：“星姐，我有了两个孩子之后就辞职了，没有收入，每天都是孩子的吃喝拉撒，老公对我不错，但没经济收入让我很恐慌，很害怕。现在我的脾气变得很差很差。”

我也不知道怎么来安慰她，但我超能理解那种长期憋在家里，想痛痛快快走出去玩玩，却又没钱又不敢，还怕玩 High 了被家人骂的那种心情。没人对她不好，但自己没有，就要什么都听别人的。

生女孩真的什么都不用给吗？除非女儿自己很牛 ×，或者对方也没给啥，大家打个平手吧。

3

很多时候提到重男轻女，女生们都会奋起反抗，最常用的一句话就是：“你家有皇位要继承啊？”

但其实最为根深蒂固的重男轻女，在女生自己的脑子里。如果说，来自男性对女性的歧视，我们每时每刻都在抗争，那么来自女性内心的——自己瞧不起自己的想法，要怎么对抗呢？

扎克伯格和太太结婚的时候，大多数人只看到一个又丑又胖的女人，嫁给首富小扎，一定是小扎瞎了眼，太不般配了。但没人看见普莉希拉是哈佛医学院的学霸、慈善家、儿科医生，并且拥有很高的个人成就。即使普莉希拉入选全球百大最具影响力人物，并登上《时代》杂志封面，也依然有人认为，是因为背后有Facebook，否则她的基金就不会存在。

郭晶晶嫁给霍启刚，很多人认为她不算好看，衣品又差，不会打扮自己，还买地摊货，在豪门里肯定过不好。没想到人家过得比谁都好，还上电视撒狗粮，你忘了吗？郭晶晶是世界冠军啊，豪门千千万，世界冠军有几个？

我最喜欢的章泽天，我Ins唯一关注的人，每次看到她的更新都觉得好美。你只看到了她嫁给了有钱的刘强东，但没想过刘强东见过多少美人，为什么唯独娶了她？怀孕期间挺着大肚子学习财务知识，拿到了意大利博科尼大学的“私募股权和风险投资”课程的在线证书；产后迅速瘦身，学习掌管家族财务、投资数十家公司。成为京东老板娘后的每一天，对她来讲，不是你想的那样，天天躺尸或者买买买，而是早晨八点就去公司开董事会。用英文与世界名人、名媛侃侃而谈的才华，不是嫁给富豪就能自动拥有的。

不说名人，就连同学聚会、同事聚会上，如果提到××现在混得很不错，大家第一反应准是：“她老公是干什么的，很有钱吧？”

以前有一次朋友聚会，见面大家第一句话跟我说的就是：“你老公那么能干，你这么拼干什么？别比你老公强了，你可是个女人啊。”

摊手。

女人对女人的嫉妒，其实是蛮可怕的，可以瞬间翻脸，成为陌路人，只因为你过得比我好。

很多女性自己觉得，女性自己不可能靠自己买房，不可能靠自己付得起特别棒的房子的租金，不可能有能力过上特别好的生活。

工作能干，肯定是因为与男上司有染；生活优越，一定是因为老公或婆家是个靠山；如果真的什么都不靠，大龄未婚女青年爬到高位也会被人说“这么大了没人爱，好可怜啊”之类的话。

而这一类嚼舌根的话，通常出自女性自身口中。重男轻女这个梗，我倒是觉得并不怪谁。什么时候从自己心底深处，把这个梗彻底挖出来，学会相信别人、赞美身边比自己好的女性、欣赏优秀女性的才华，并愿意尽自己的努力做点事，**哪怕并不赚钱，哪怕成就很小，但只有自己开始打破“女人就要靠男人”这种思维定式，你才有资格指责别人的重男轻女思想。**

就像小Y说的：“我妈从来都觉得女人不应该被爱，所以她不会来爱我。”如果你从来都觉得女性不该靠自己成功，女人就应该弱小，那你还指望谁高看你呢？

第三章

余生很贵，别在琐事上纠缠

余生很贵，真的很贵，贵到了我们要拿自己最宝贵的时间和精力去对赌。你要明白自己的价值，你要明白自己的身份，你要明白自己的理想，不要在细枝末节的琐事上纠缠，去做你重要的事情。

大半夜客户问我为什么这么拼，我给她算了笔账，她号啕大哭……

1

有天晚上快12点了，客户问我："为什么这么晚找你你也在，你为什么这么拼？"

本来想贫一句就不正面回答了，因为真的回答起来，理由太多了，但看她认真的样子，我跟她说："因为我是个有目标的人吧。"

客户问我："你的目标是什么？"

我说："我算过一笔账，特别可怕，孩子上学之前，我想还清房贷，无负担，可现在银行还有大几百万；攒够两个孩子上到高中的所有费用，大概20年时间，无论公立私立特长班补习班，两三百万是需要的；家里三个老人，给每个老人准备至少100万医疗费，才有底气跟医生说要最好的药；给自己准备提前退休的钱和足够的养老金，找人算过，至少也要500万。而且这只是个基础，比如可能医疗费100万不够，未来孩子出国留学的钱还没算进来，通货膨胀还没算进来，想想这里里外外都需要钱，怎么也要有2000万吧，怎么能不拼呢？我不想，人到中年，孩子上学要命，老人生病要钱，房子贷款还不清，自己身体渐渐差了还拼不过年轻人……俗话说的，人到中年上有老下有小，不就是这样一个境地，关键是叫天天不应，叫地地不灵。周围的人都对你虎视眈眈，大城市里都自顾不暇，谁有闲工夫帮你？我不能让自己掉入这种陷阱里，我父母都是普通人，我全要靠自己，我必须提前努力。在别人睡觉打牌打麻将侃大山的时候，努力地比别人更努力，我不想让自己成为这样疲惫的中年人。”

2

前段时间朋友父亲去世，他跟我说：“你知道吗？我爸这个病，如果去美国有机会治好，但要花1000万，我没有。我爸说不去美国，不治了，然后我爸就没了。”

我安慰他：“有1000万去美国也不一定保证治好，你也不要自责。”

他跟我说：“我明白这个道理，我爸病友去了美国也没治好。但我觉得，多少是个机会，没能力让他去是我的失败。”

有句话说，没到医院你不知道钱有多重要。如果不是我妈去年进医院做了一个大手术，我可能也不会知道。

住院手术押金进门一次性交10万。上了手术台，押金里的钱就用光了，ICU一天一万多，如果恢复不好一住几十天，你想都不敢想，有些病即使治好了，术后养护保养的费用一年可能几十万块钱……很多时候钱就是命。

我这么努力，就是希望有一天，我的家人如果需要医疗，我能跟医生说一句："用最好的药，不用担心钱。"就是买保险，我也要买得起保障最好的保险。

但就是这么一句普通的话，需要付出的心力，绝不是简单的朝九晚五，下班看电视周末打麻将就能有的。我们都是独生子，上有老人，下有孩子，都需要我们来管来顾，没有兄弟姐妹分担，社保的报销额度越来越少。等到家人生病的时候，难道去轻松筹诉说自己的悲惨故事吗?

3

独生子女到了最筋疲力尽的时间了。

单身的时候，一人吃饱全家不饿，但结婚之后就是两个家庭在一起的事情，需要房子需要家，老人要照顾，孩子要养育，所有成本打着滚地翻。最重要的是，家里的事儿越来越多，自己的年纪越来越大，你能放在工作上的时间和精力就越来越少。

上周女儿生病，打了120直接送医院，老公立刻从公司往医院赶。我妈前两个月术后不稳定，心跳160次/分钟，立刻120送到了医院的急诊……

很多人问我每天忙什么，除了工作，还有家里的大小事，我跟老公都要随时照应。我还记得我妈住院的时候，我每天白天在医院，晚上10点回家，基本上已经头痛欲裂。幸运的是，壮如牛的我，吃了20天病号的剩饭，还吃胖了。

年纪越来越大，工作也越来越复杂，努力进化，还是赶不上年轻人的反应和执行速度。每次行业新动向，都是年轻人都要玩翻了，我自己还没反应过来。等自己开始上手了，红利的高峰期都已经过去了，只能捡点残羹冷炙。辞职之前，我有很多优秀的同事，很多都是清华北大哈佛剑桥的，连实习生都是高考状元。他们的能力和才华，他们的心胸和格局都让我仰慕。我一直觉得自己跟他们差距很大。我眼界太狭隘，所以时常想想这样的人，就深感自己太差，更要努力更要拼。

4

客户听我说完，就开始号啕大哭了，她就问了我一句话："星姐，我从 30 岁开始努力，还来得及吗？"

来得及，人生任何一个时间开始都来得及，关键是你要行动起来，而不是嘴上说说"我好穷啊，我要挣钱"，然后吃喝玩乐比谁都 High。

看看身边的年轻人，中年人，再看看自己，自己想要成为怎样的人，一目了然。

你想成为怎样的人，你看不上怎样的人生，其实你的未来，都来自你当下的今天。别看不起穷人，也别看不上有钱人，风水轮流转。曾看过王耳朵文章里的一段话，深以为然：

"为什么年轻时要努力赚钱？不是为了成为富豪，也不是为了享受，而是有一天，你有底气说，我可以过上更好的生活；你也有底气对亲人说，亲爱的，别怕，一切有我。"

只要你过得比我好，我就特别受不了！

“朋友圈？那不都是你好朋友吗？”

朋友突然辞职了，红着眼睛来找我。今年升职加薪没有她，原因是领导认为她没有全心全力地工作。当然，领导是没时间没精力一个个过问和观察员工的，她只是被人黑了。

我问她：“你这么乖顺的人，能黑你啥啊？”

朋友说：“领导跟我谈了一下午，其实就是劝退，很多话我听得莫名其妙的，最后说是同事说的。说大家经常看见我朋友圈里参加各种活动的照片，都觉得我上班不用心，可能要跳槽了。”

我问她：“朋友圈？那不都是你好朋友吗？”

说完这话，我也愣住了，朋友圈里，早就不全都是好朋友了。就算是好朋友，也不一定是真朋友啊。朋友跟我说，她以为朋友圈里都是朋友、同事的，大家对她经常发的内容还点赞留言的，还有很多人想跟她一起参加各种活动。可没想到，有人添油加醋，带着自己的想象力给她背后捅了一刀。而这个人是谁，自己却根本不知道。她就隐藏在自己的朋友圈里，现在还在。

· 朋友圈已经从私密朋友平台变成了公共场合

现在关于朋友圈的讨论很热，很多人删了朋友圈，很多人只开放三天，很多人很少发朋友圈。每天没事儿的时候翻翻朋友圈，已经没什么好玩有趣的事儿了。朋友圈已经从私密朋友平台变成了公共场合。对方不一定是朋友，你们互相关注，可能仅仅为了当时的某一件小事儿，但后来彼此并没有删除。

有时候翻朋友圈你会发现，这个人是谁，当时为什么加上的，自己已经完全忘了。当你发现通讯录里大把的人都不知道是谁，但他们每天都在看你发出来的生活细节时，不免会觉得有点儿奇怪。

有个朋友跟我说，老婆禁止他在朋友圈里晒娃，因为一个生意人，江湖上人心难测，这么轻易地就能看到你孩子们的照片，经常去哪儿，在哪儿上学，也是挺毛骨悚然的一件事。

但是，比加了一堆陌生人更可怕的，是朋友圈里那些表面给你点赞，但内心特别讨厌你的人。为什么要讨厌你呢？你去度假了，秀恩爱了，晒孩子了，吃大餐了，周末去浪迹天涯了……写的内容每一条都可能刺痛了对方的玻璃心。

每个人在朋友圈里晒出来的，都是自己最光鲜的一面，有些玻璃心看到你过得那么好，凭什么自己苦哈哈的没钱最累还受罪？一次两次看热闹，多了免不了心生嫉妒和出现其他情绪。

不仅如此，你在群里打哈哈的话，也会被某些人瞬间截图发给别人，因为你的风头太盛了。你可能觉得自己也没发什么，不至于吧，自己平时挺与人为善的，没什么仇人吧。也谈不上是仇人，只是看你不顺眼背地里说你的坏话而已，你朋友圈里透露出来的每一条信息，就足够他造谣中伤你。

· **你的朋友圈，正在暴露你所有的人设**

前段时间一个大咖在朋友圈里谈到某个小鲜肉明星，结果第二天他的微博就被小鲜肉粉丝攻击了。很显然，有人把这条朋友圈截图发给粉丝群了。是谁呢？谁知道呢！反正就是朋友圈里的人呗。有时候你翻翻朋友圈，发现有些人好像你好久没看到过，再翻翻朋友圈，发现早已经把你删了。但其实，你根本不知道自己做错了什么。还有的时候，你刚想说话，发现看不到对方的朋友圈了，人家把你给屏蔽了。想问句为什么，却不知道从何开口。朋友圈真是个考验友情的好地方。

当然，我们也会有一些看不惯的人。有的人一天恨不得发 20 条状态，有的人每天都是吃吃喝喝演大片一样，有的人每天都在自夸和自拍，有的人天天在朋友圈里炫富。看得多了，不免生烦，顺手屏蔽或拉黑。只是，当你表达得越多，你的人设就暴露得越多。除了那么一些交好的朋友，朋友圈里的人，真没有你想得那么亲密那么好，他们也不一定能接受你过得那么好。

· **只要你过得比我好，我就特别受不了**

几天前，有个朋友问我知不知道，一个共同的朋友是不是离婚了？我挺惊讶的，我们关系这么近，我咋不知道呢？朋友说，你看她朋友圈最近写自己一个人带孩子睡觉啥的，分居了？还是离婚了？

这惊得我一脸问号！我朋友圈里有一些红人朋友，经常看到这个被黑了，那个被撕 × 了。彼此一说起来，都不知道谁干的，但看帖子里的内容，都是自己朋友圈随口说说的事儿，但分分钟被人歪曲事实，绘声绘色地讲出一个自己都没听过的八卦来。

成年人的世界，不是你好我好大家好，也不是大家都一个价值观。彼此之间看不惯，也不会当面翻脸，但这并不影响他们成为讨厌你的人啊。只要你过得比我好，我就特别受不了，变成了很多人心里的小九九。

不信你在朋友圈发一个“好难过”，一定会炸出无数人问你“怎么啦”，其中一部分人是真的关心你，还有一部分不嫌事儿大的，只是想等着看你的笑话而已。

看到一本书上写断舍离，其中的一条是“每天删掉 10 个朋友圈好友”。乍一看一激灵，或许，我们是该清理一下朋友圈了，就算你已经什么都不发了，至少你得知道，加上的那个人，到底是谁呀！

你发现了吗？越来越多的人关闭了自己的朋友圈

翻朋友圈的时候，发现好多人都消失了。开始以为是不是我太不要脸了，都删了我了。结果打开还是能看到一两条信息，但也就那么几条就没有了。不可能大家都闲得删了自己的朋友圈，只可能是关闭了。

我更新了微信，果然新增了只允许朋友查看自己近三天的内容。我自己也在前不久只允许展示半年的朋友圈，其他全部关闭了。其实不是大家不看朋友圈了，而是不想看了，也不想发了，心累。

· 本以为能过上高效人生，结果过上了越来越萎靡的人生

去年特别提倡“碎片化”这个概念，很多人趋之若鹜，简直是让自己过上高效人生的圣经，但实践一段时间后发现，碎片化的学习，不仅让自己的知识体系越来越找不着北，同时也把自己整块儿的时间都碎片化了。更重要的是，现在太多东西手机上可以搞定，于是上下班路上，等吃饭的时候，排队的时候都拿出手机看两眼。最后碎片化地学习了多少不知道，反倒手机依赖症越来越严重了。

手机依赖症是个太可怕的事情了，不仅消耗了时间，更吸走了我们所有的注意力和精气神。就拿我自己来说，如果今晚没事儿躺着刷手机，通常能刷到睡觉的前一刻。本来打算一晚上看看书、听听课，结果什么都没看，还特别累，身体累眼睛累，睡觉的时候心里还特别懊恼。但看了一晚上手机里的碎片化信息，得到了什么呢？什么都想不起来。

注意力分散了太多，手机依赖症越来越严重，碎片化信息的真假程度也越来越难以辨认。本以为能靠科技进步过上高效人生，结果过上了越来越萎靡的人生。

· 陌生人越来越多，发朋友圈越来越不安全

朋友圈里一定是朋友吗？太多的人已经涌入了朋友圈，800 里开外的小卖店收钱也加个微信，但并不是所有的人都是好朋友没坏心，自己发的内容也不想让所有的人都看得到。

太多的人与人之间，只不过点头之交，甚至见都没见过，或者也就说过一句话，说完也忘了删掉，就留在了几百几千人的通讯录里，找也找不见，但你发的所有的内容都会被他们看见。现在大家都学会了截图，你以为发布的内容挺好玩儿的，但保不齐成了一个大热点新闻的段子。以前老见人晒孩子，现在也越来越少了，因为实在是太不安全了。

有个朋友生了混血的孩子，觉得好玩晒了几张在朋友圈，没多久我就看到一个群里有人拿她孩子的照片说是自己孩子，当时我都惊呆

了。还有朋友在朋友圈晒了自己的前后照，今年年初我见一个减肥广告里用了她的照片，而她知道后完全蒙掉了。

越来越多的陌生人都在朋友圈里，我们并不知道他们是谁，也没来得及屏蔽，而他们却能看到我们的一举一动，吃喝拉撒，喜怒哀乐，想想也是有点恐怖了。

· **低头族，抬起头**

昨天听到车里的广播号召了一件事：低头族，抬起头。瞬间一激灵。

手机已经占据了我们太多的时间和精力，基本上所有的人，大部分时间都在刷手机，而刷朋友圈更成了消磨时间的重点。每天无聊的时候等着朋友圈按钮上的小红点，一有更新就刷一下。

我周围的不少人都已经关闭了自己的朋友圈，因为消磨时间让自己特别痛苦，甚至于让自己感到无力和无能。平时口口声声说自己特别忙，没时间学习，没时间相亲，但朋友圈刷起来一点都不手软。

我也关闭过几次朋友圈，但没多久又忍不住打开了。有时候就是想发点什么，其实这是一种害怕别人不关注自己，不知道自己的小心理罢了。

现在我给自己规定了晚上睡前的时间刷刷朋友圈，不为小红点的出现而刷朋友圈。这样之后自己也有时间带孩子出去玩儿了，也有时间学习看书上课了，也看不到别人过得比自己潇洒了，非常爽。

经历了碎片化学习的谎言，现在越来越多地给自己制造整块的时间来做事，尽可能地少关注手机，比如说：

① 每周末给自己制定下一周的日程表，详细写好每天都要去做什

么，带孩子，上课，学习，读书，写文章……什么都不耽误。

② 利用番茄学习法工作，每工作 25 分钟休息 5 分钟。

③ 扩大自己的学习范围，涉猎不同的领域，不断挖掘自己可能的潜力和可能性。

④ 手机打开声音，有响声的时候再看。没声音提示就不要看手机，把注意力集中在手机以外的地方。

⑤ 每年给自己找一个大目标，比如读一个学位，装修，上 10 门课程等。

⑥ 返璞归真到 10 年前没手机的生活方式里，用笔记录生活，而不是用手机记录，可以看到自己现在写字有多丑。

⑦ 读书读书读书，不是用手机读书。

科技让我们的生活越来越便捷，但也惯出了我们很多很多的坏毛病。自控能力差的时候，就用最简单的办法来强制自己试试看。用手机做有价值和有用的事情，而不是无尽地消磨自己的精气神。

你有没有跟我一样，掉进浪费时间的大坑？

我一直觉得自己的时间管理还不错，毕竟我是一个能够在短时间内做很多事情的人。可自从辞职在家工作后，我发现自己经常忙忙叨叨一整天，却也没觉得做了什么事儿。以前我经常看到一些关于时间管理的书，总觉得时间管理还用写这么多吗？直到前些时候上了一些时间管理的课程，才发现原来我整天都在瞎忙。课程里提到了好几个浪费时间的大坑，里面就有我的陋习。我的问题，似乎也是很多人在时间管理上共同面临的问题，这里写出来，与大家一起分享一下：

- **碎片化时间不是用来学习的**

很多人讲："高度利用好碎片化时间。"于是很多人就用碎片化时间来读书、看报、上课……我也曾这样，结果却发现书还没找到第几页，车就来了……碎片化时间不是用来学习的，对此有所体会之后，我就不再用碎片化时间来读书，或思考重要的事情。

学习是一个需要很多步骤才能完成的深度思考与应用的过程，不仅仅是眼睛看过一遍，就真的能学到东西。

我的碎片化时间，大部分用来处理一些碎片化的事情，比如说网络转账、网络购物、回复别人邮件等。这些事情不需要大脑深度思考，而且只用短短的时间就可以完成，但却琐碎得让人烦恼，因此用碎片化时间来处理，再合适不过。

· 时间都去哪儿了

一个朋友想给我做一些理财投资的分析，他让我列出每年在某些事情上家庭的支出是多少，比如教育、购物、人情往来等都分别投入了多少金钱时，我完全蒙了，什么都不知道！我和先生都不是乱花钱的人，因此觉得只要花出去的钱就一定是有用的，所以没必要记录下来。我最近开始记账后才发现，记录下来就特别清晰。花了哪些不该花的钱，哪些家庭支出比重大，都能够特别一目了然地反映出来。

记录时间也是一样的道理，你会知道时间都花在了哪里，比如你从来不觉得自己一天发呆发傻了多久，上网购物和刷朋友圈多久，记录下来，你才会发现自己的时间都浪费在了哪些大坑里。

· 分清楚工作时间和私人时间

很多人说："我要是在家工作就好了！"大家觉得每天上下班浪费的时间很多，自己在家干活，心情一定又好又高效。但当你真的在家工作一天会发现，到半夜你什么事儿都没干完。

原因很简单，在家工作的时候，工作时间和个人时间很难清晰地分开。感觉一整天都在工作，但工作的中间不断夹杂着家里的各种事儿……

我就是这个问题最大的受害者，作为在家工作的全职“家里蹲”，经常吃饭的时候被客户的一句要求打断，跑到电脑前；或在工作的时候突然想起来购物车里的东西还没下单……说到底，是自己没有给工作时间和私人时间，划出一条清晰的分界线，时间完全跟着别人走，没有自己应有的节奏。

我正在逐步改善这一点，比如提前一周就把下周的工作全部做完，或在一周的前两天将整周的工作全部做完，给工作时间和私人时间一个分界线，把时间都分隔开，并强迫自己像上班一样过有规律的生活。我这么做已经有一段时间了，感觉特别有成效，特别是自己能够很好地控制时间和安排一切，这样的生活，使我的幸福感提高了很多！

· **无节制的娱乐与网络上瘾**

很多人都问过我，你不看韩剧吗？你不看日剧吗？你不出去玩儿吗？你不出去逛街吗？你不无聊吗？……其实，我们反对的不是娱乐和上网，而是“无节制”。无节制的娱乐，是一个浪费时间的大坑。

我们大部分的人，每天嚷着没时间没力气，但在下班之后，将自己瘫在沙发上看韩剧，一集集地哭到后半夜不嫌累，很多人抱着手机聊天能聊一整天，这种无节制会下意识地麻痹我们的大脑让我们开始发呆和被牵制。我们总是不断地看手机，担心错过了信息，但其实除了生老病死，没什么大事必须马上回复。

· **一次只做一件事的专注**

我们经常能看到，那些所谓节约时间的方法中提到一次做两到三件事儿，比如吃饭时听书，走路时回邮件……但这些只限于一些不需要太动脑的小事儿，如果是大事儿就不能这样，就像你就不能一边上班一边打游戏。

专注做一件事儿，这句话听起来很简单，大部分人好像也能够做到。可这其中，最大的问题并不是两件事会相互影响，而是总会有些小动作在其中干扰分神，这才是真正杀掉了时间和注意力的凶手。比如说工作到一半儿，发现杯子里没水喝，跑出去接水；坐了五分钟想起来，淘宝有一个快递不知道到了没有，去查一查物流信息……这些都是很小的事情，但却能够把我们的时间和精力打乱，一旦分神就很久恢复不过来。

· 长期目标的缺失与短期目标的模糊

我们每个人在每一天做事的时候，都会有一个当天的目标，比如说今天我要完成一个 PPT、明天晚上完成一个文档……这就是所谓的短期目标，是眼前的一段时间。

大部分人对自己的长期目标，并没什么规划，只是按部就班地上班。这样的话，时间很容易在自己想要懈怠的时候，持续无意识地继续懈怠下去，反正好像也没什么事儿要做，导致自己无限制地拖延时间。

我最近开始做日程管理和安排，及时地把自己未来 1 ~ 2 周的工作都放在表格里，无论是工作还是生活，一天下来收效显著，还特别有成就感。

· 休息太多，越休息越累

上班以后总觉得自己累啊累，干什么都累，就误以为自己特别需要休息，但想想我们每个人高三的时候，从早 6 点起床到晚上 12 点睡觉，一刻不停地用脑子用体力不觉得疲惫，除了年轻身体好这一个因素以外，还有就是脑子其实越用越灵，精神也是越忙越好。

放假不上班的时候会有感觉，越躺着就越不想起来，总觉得自己困乏得很。但上班的时候像打仗，反而会很 High，特别有成就感。我们大部分的累，是因为自己的作息不规律，从不锻炼健身，胡吃海塞，休息太多所造成的。

一直以来我都觉得自己很忙，一天到晚停不下来，但接触时间管理后仔细一分析，我不是忙呀，我是瞎忙。自己在时间的控制与管理上，进入了很多误区。道理其实都懂，但就是控制不了自己。

表面上是在做时间管理，其实更多的是对自身能量的管理。不专注、低效率、对自己太宽容、太惜命……就算一天给你 48 小时也无法把事情做完。

人越大越需要自我管理，因为年龄增大的同时，自身的惰性和欲望也会与日俱增。勤奋大多是小时候的事儿，现在能连续 3 天早起就要给自己唱赞歌。学了那么多的知识，做出那么多的努力，其实就是为了让自己在越来越老、越来越懒的路上，还能保持点儿少年时代的勤奋与勇气，每一刻都管好自己，才能过好一辈子。

别逗了，你居然真的相信事业和家庭能平衡？

最近有个话题特别火，那就是对于女性来说，事业和家庭能平衡吗？满网络都在刷屏。

我也经常被问到这个问题，大概是因为在很多人看来，我在三年里有了两个孩子，还辞职做了自由职业者。大家好奇，这样忙到飞的生活，我是怎么过来的。

我很多次分享过有了孩子以后我的时间管理和精力管理方法。但请注意，是 ×× 管理，正因为在自然情况下是无法平衡的，所以需要外力管理才可以。

我日常的生活大概是这样的，7 ~ 8 点起床，把儿子送到楼下找奶奶或姥姥吃早饭，我去给妹妹喂奶。喂奶之后我基本也清醒了，吃个早饭就开始工作。9 点阿姨会到家里帮忙带孩子做家务整整一天，因此我一天的时间都可以工作或出去健身，老人和阿姨会带着孩子们出去玩，中间我有空就会下楼，儿子没事儿也会上楼跟我腻一会儿。吃饭一定跟大家一起，晚上哄妹妹睡觉，睡觉之前给妹妹喂奶后再睡。哥哥和妹妹睡觉的时间我都在工作。

通常是几点睡觉呢？12点睡觉能高兴得哭出来，通常是1～2点。躺下三秒睡着，不是睡过去的，是昏过去的。

今年增加的事情是每周三上午都要带儿子出去上早教和艺术课，基本上8点走，12点回来。8点走意味着6点多就要起床开始准备，通常回来以后也累到不行。下午很少睡午觉，因为担心睡着就一下午醒不过来耽误太多事儿，舍不得睡。

工作每天都排到爆满，满到我助理都看不懂我的日程表了。中间随时要下楼跟孩子们玩会儿，家里有各种问题都要去搞定，小到快递没送到，大到水管裂了空调漏水了之类的……好在物业很管用，每叫必到，花钱就行。

我很感谢我们双方的父母和阿姨全心全力地帮我们，尽管如此，我还是会累得要命。因为操心多，家里、工作和孩子都要操心。

可能你要问，爸爸呢？爸爸为什么不操心？

爸爸也很辛苦，爸爸要每天上班，加班到很晚，到家已经累到不行。我至少不用奔波到公司，能自己掌握时间。人在家里不出门，自然家里要多操心一点儿。都一样累，凭什么我就操心更多？因为贱呗，也因为心疼老公。尽管他一下班也努力地帮我分担很多事情，半夜有事都自己起来让我多睡会儿，但或许就是这种默契的心疼对方的爱，让我更愿意付出多一点。

当然，还是有很多爸爸不负责任，什么都不管，每天就会玩儿手机，什么事情都不懂不会。那怎么办呢？如果是我，可能早带着孩子带着钱离家出走了，眼不见心不烦，少个障碍物心里还舒服，反正怎么过都跟单亲妈妈没什么区别。

前几个月，有一次出差 10 天，带着女儿要喂奶，儿子放在家里。听说从我出差走了开始，儿子就闷闷不乐，每天站在窗户边上看外面，叫“妈妈，妹妹”，可能他不太理解，妈妈和妹妹怎么都突然不见了呢？

没办法，让爷爷奶奶带着儿子一起去了我出差的地方，住在同一个酒店里。他们到酒店的时候，我还在深山老林里拍片子，晚上到酒店的时候儿子要睡了。他假装没看见我一样偷笑，然后突然扑到我身上。从那以后，出差飞到天南海北，我都带着他。

累吗？累啊，怎么不累？带个孩子可不像带条狗那么简单。他要吃要喝还有自己的主意和想法，不可能完全配合你，你还要随时有百分之百的战斗力来哄着他，同时你还要有百分之二百的战斗力去工作。

可能你会说，毕竟是做自由职业者，很自由啊，想睡就睡，想玩就玩，带孩子随便 High，多痛快啊。虽然说辞职后也做了很多事情，但自己干了才知道，特累。上班真不觉得，再辛苦就是累而已，没什么压力，大家一起扛。现在，自己干都是自己扛，任何问题别人都可以说做不了说不会，但到我这里都必须有答案有结果。所有的责任和风险都我一个人来承担，别人都可以有双休日，我没有，24 小时都得在。一不留神，全盘尽毁。到处都是煎熬，根本不是往前跑，都是一寸一寸往前熬。现在才知道，钱不是挣出来的，都是熬出来的。

怨恨吗？没有，因为这就是人生啊，想要人前显贵，就要人后受罪。

我是个欲望很多的人，我想要很多很多东西，我要别墅，要好吃好喝好学校，要好环境，好医疗，所以我必须付出得更多。这个道理，我不仅懂，还愿意身体力行。我还容易自省，总觉得自己做得不够好不够多，觉得自己无能又自卑。

我很幸运，辞职之后很多人来找我做各种各样的事情和活动，起初我很心动，因为只要我答应了，可能会多很多很多钱。但几次累到在家一天都见不了孩子一面之后才明白，我当初不是因为要当自由职业者辞职的，我是为了陪孩子辞职的。没有什么比对孩子的陪伴更大，尽管我大部分时间都在书房里工作，但我还是努力，努力去找到一点点的时间就陪孩子们在一起。

我可能亏欠了那么多信任我、想跟我合作的人，我也亏欠了我的孩子们。我没有那么多的时间陪他们玩翻天。但，我能毫无愧疚和遗憾地说，我尽力了。

有时候看到孩子们熟睡的样子，看到他们玩到没心没肺地笑，我就想，不知道我的父母是否曾经也为了我的笑，拼命如我一样地努力着。把自己累到天天昏倒在枕头上，睡觉都舍不得。

事业和生活真的能平衡吗？即便是单身也不一定能很好地平衡。什么是平衡呢？大概很多人想要的平衡，是付出一般般的精力，但收获大大的。但实际生活总是，一个都顾不好，稍微偏颇一点儿，总有一个要掉链子。总看到别人平衡得好，为什么自己就不行呢？一定是技术上出了问题。

世界上有那么多的女强人告诉你，事业和家庭是可以平衡的啊。对啊，前提是你愿意超负荷地付出，否则，同样是 24 小时，谁比谁能多一分钟呢？

以前我写励志，全靠热血和梦想，就能拔地而起。现在我给自己的电脑屏幕换上了一张儿子女儿的合影，每次深夜累到停止打字5分钟时，电脑屏幕就会自动跳到屏保。看到两个稚子的合影，我还能再战3小时!

“我不想招从小家境不好的人做同事！”

有次我读了雷斯林的一篇文章，大意讲的是“不想和小时候穷苦的女孩儿谈恋爱”，看完后脑子里突然跳出了一位创业公司老板跟我说过的这句话——“我不想招从小家境不好的人做同事。”这句话太醒目了，因为他跟我说的后半句是：“我就招过两个这样的人，仅有的两次公司被害，就是被他们害的。”被害得太惨了，因此以后面试一定问问家境。

1

朋友招的A，从小家里很穷，父母重男轻女，根本不在乎她。因此她从小自己拼了命地努力。当她应聘成为朋友团队一员的时候，已经是个有车有房的有钱女孩了，而且非常能干，工作上独当一面。

然而，没过一年，A带给整个公司的重创和打击，让老板蒙了。可能因为从小太缺爱了，所以她的内心有无限的欲望，这种欲望甚至到了不惜损害团队与公司的利益，来达成自己的目标。表面上，她像一只无辜的小鸟，跟大伙一起拼命工作，获取别人的信任，背地里内心的欲望却像火一样烧遍了脑细胞。最终，A 离职后还不忘背后捅了当年帮过她的所有同事和老板一刀。

临走的时候，她跟老板说："我就是看不惯周围家庭好的同事，年纪轻轻就有了我奋斗了十年才有的东西。每次吃饭听到你们说小时候家里幸福的事儿，我都会自卑到要死。"

朋友招的 B，是个男孩子，从小家境不至于很穷，但也一般般。他脑子非常活泛，活泛到自己根本不干活儿，把自己的活儿都外包给自己的朋友，自己每天上班却忙忙碌碌地赚外快。

公司里的很多事儿，都是机密，外包出去一定是同行业的人。他不仅自己这么干，还伙同公司几个员工一起这么干，时间久了，出事儿了。起初是老板发现有些公司内部 PPT 在网上传来传去，之后发现客户总会知道他们的底价，再后来，竞争对手之间见面都笑而不语。B 知道出事了，于是赶紧溜之大吉，临走把公司的数据全部带走，还删空了几个公共盘。老板本来要报警，但想到 B 还年轻，生气归生气，还是心软了。

从那以后，公司下令，面试一定要问问家境。拗不过的不是命，其实是拗不过环境对自己的桎梏。

2

穷，最直接的一个体现是什么？就是午饭都不能跟同事一起吃，因为 AA 不起。

十年前，我税后工资 3400 元，房租 1000 元，在高大上的 CBD 工作，同事们中午聚餐一顿饭至少 50 元。我只能跟同样刚入职的同事一起出去吃 20 元的快餐，就这样也觉得很贵。

老板跟我们下死命令："一周必须跟大家一起吃两顿饭，不然扣工资。"但最终还是因为穷，一直没有实现。结果，大家出去玩儿，永远不叫我们两个，我们真的越来越独，团队交流越来越不顺利。

朋友跟我开玩笑说，要是他招聘，绝对不要我，我太不合群了。内向，不合群，不会为人处世，不会说话，老被坑被害，被欺负了也不敢吭声，工资低也没有其他选择——这是所有普通人家孩子进入职场的通病。

我曾跟同样一儿一女的主播 Bobo 聊起这件事，Bobo 说："我们这样的人，拼了命地赚钱，就是为了不让我们的孩子有匮乏感。"

金钱上的匮乏感，会让一个人没底气。不敢争，不敢抢，不敢表达自己的欲望和想法。年纪越大越发现，自己从小的环境对一个人的影响真是太大了，很多时候我们觉得拗不过命，其实是拗不过环境对自己的影响。

穷，限制最大的是格局、想象力和做事的态度。

3

我想起半年前给一位老板推荐过一个前辈家的孩子，前段时间正好问他："那个上次推荐给你的女孩咋样？"

老板说："那个女孩是我们见过的，仅有的两个最好的实习生之一，要不是她明年要去美国读硕士，我一定给她留下来。做事认真努力，严谨细心，思路广阔，博学多才，勤奋好学，真是难得啊。"

这女孩我也不认识，但根据我对前辈的了解，算不上大富，可家境无忧是绝对没问题的。现在公司里越来越多的，都是家境不错的小孩。见得多，见识和格局都很广，只为做事而做事，认真努力，没花花肠子去为了一己之利搞破坏。毕业工资低也不怕，照样买买买，自己租个一居室，租金比工资还高，但有爸妈给。他们可以随便买买买，美美地打扮自己，更有自信地开拓自己的世界，认识新朋友。工作几年就去创业，父母都能支持，周围也都是家境好的朋友一起帮忙，成功得很快，早早就过上了自己想要的新灿灿的精致生活。

穷，限制的不光是吃喝玩乐，更重要的是格局、想象力和做事的态度。穷人工作是为了生计，为了赚钱，只交对自己有利的朋友，只做对自己有益的事。有钱人工作是为了实现自我价值，由着自己的兴趣爱好交朋友，只想把事情本身做好。有的事儿你不想承认，因为自己就是被言中的那一个。但不想承认，并改变不了事实。学有钱人的思维模式与做事态度，打破普通家庭的人生桎梏。

4

那普通人家的孩子，就真的没有出头之日了吗？

如果是以前，比如十年前的我，大家都差不多的背景，全拼英语、拼学校。留学生还没怎么回国呢，如今大量的留学生和富二代都回来了，我们该怎么跟他们竞争呢？

曾看了篇文章，里面总结了9条穷人和富人的思维方式，坦率地讲，工作十年，虽然赚到了一些钱，但我自己觉得在心态和格局上还是差距很大，比如每次与亿万富翁阿何交流，都觉得受益匪浅，他的思路和思维方式总会让我豁然开朗。

年纪越大越发现，很多东西不是用钱能衡量的，而是用背后的思维方式，这才是穷人和富人的最大差距。说好好学习天天向上、多参加活动克服自卑，这种话都太泛泛了，改变思维方式，才能真正改变行动，这也是我们作为普通人家小孩儿应该去努力的方向。我与大家分享一下这九条：

有钱人相信：“我创造我的人生。”穷人相信：“人生发生在我身上。”

有钱人想着：“如何两个都要？”穷人想着：“如何二选一？”

有钱人专注于机会，穷人专注于障碍。

有钱人与积极的成功人士交流，穷人与消极的人或不成功的人交往。

有钱人让钱帮他们工作，穷人辛苦工作赚钱。

有钱人欣赏其他的有钱人和成功人士，穷人讨厌有钱人和成功人士。

有钱人持续学习成长，穷人认为他们已经知道一切。

有钱人根据结果拿酬劳，穷人选择根据时间拿酬劳。

有钱人就算恐惧也会采取行动，穷人却会让恐惧挡住他们的行动。

你是哪一种人呢？

当然，除此以外我还会逼着自己多跟更多人交流，无论贫富，多增长自己的见识和能力，无论哪个年代，有“本事”是第一要务。把追着别人聊变成别人追着你聊，就是成长的过程。

努力了那么久，我发现一个道理：**“不要根据自己的想象，预设**

对方的态度和想法。不要把害怕放在做事之前，很多事情，真正开始做了才知道没那么可怕；真正地和人开始交谈，才知道对方没那么坏。”

这是我过去三个月学到的最重要的事，希望能帮到跟我一样的你。

从熬夜党到晨起党，很多想都不敢想的奇迹发生了

不加班的时候，你们都早睡了吗？

如果你熬夜是因为上学时课业负担重，那么上班之后还是熬夜党，那就是自己的选择了。记得以前有个新闻报道说年轻人加班工作过劳死，当时我们在痛诉加班真可怕的时候，我的老板问我们：“不加班的时候，你们都早睡了吗？”

这句话当头一棒。

对啊，没有加班的日子，我们依旧在晚睡。其实并不是什么事情让自己晚睡，只是自己习惯了这样的生活方式。就算什么都没有，也会捧着手机熬着。我们总说自己没时间，太累起不来床。实际上自己的时间有大把，就是没有很好地规划时间，以及管理自己的能力。

这么多年来，我经常告诫自己今晚一定早睡，但每到晚上的时候，就会灵感迸发，或者拖延症导致了很多工作必须要晚上赶紧做完。即

便在怀孕期间，也都是一两点才睡觉。早晨有事的时候起来很早，那一天都精神萎靡；没事儿的时候十一二点起床也是经常的事儿。

因为上午的时间都睡过去了，所有的工作都压在了下午和晚上，有时候工作多或有其他的事情插进来，自己就会很焦虑，没时间看书，看电影。找时间带孩子玩儿，一度也是我很大的问题，很久很久以来，我醒着的人生里都没有早晨。

前几天特别忙特别累，有一天下午 6 点吃完饭就躺着睡着了，11 点醒来的时候，感觉身体舒服和顺畅了很多，赶忙就去洗澡喂奶收拾东西，一两点钟又再次睡下，早晨起来神清气爽。出去健身，买东西，带孩子上完早教课回来也就 11 点，简直了，平时自己 11 点还没起床呢。

虽然看似早睡早起，和晚睡晚起的时间是一样的，但早晨多了四五个小时神清气爽的时间，整个一天都完全不一样。而且现在我有两个孩子，只要一个孩子一天出点儿什么事儿需要我，那么时间被 Kill 掉简直太容易了。随机发生的事情越多，自己对时间的控制越差，情绪就会很不好。我买了很多关于时间管理的课程和书籍，但如果说自己都无法管理自己睡觉起床的时间，那学再多的管理技巧都没法实践，因为时间根本没有属于过你醒着的时候。

我开始重新规划我的时间，对此我做了这样的计划：

① 每天往前提前 15 分钟，逐渐过渡到晚上 11 点半上床睡觉，早晨 7 点醒来喂奶、吃饭，之后就可以开始新的一天了。习惯了晚睡的人，突然早睡觉是很难做到的，越早可能越睡不着，在床上辗转反侧，所以每天要提前一点点开始慢慢过渡。

② 上午的时间主要是去健身房两小时，到家后跟孩子玩或去上早

教课。中午到家吃饭后开始工作，下午孩子睡醒后一起玩或看动画片，饭后看书或看电影。因为以前的时间被压缩得很厉害，没有时间去健身房和陪孩子玩。身体越来越不好，体能不够，工作效率低，没时间陪孩子负罪感也会很大。多了一个早晨，能让自己的时间延长四五个小时，一天的紧张基本都被缓解了。

③ 开始记手账和记账，以前觉得记这些干吗啊，还得回忆半天，只要自己不是个乱花钱的人也不需要记账。手账那些花花绿绿的东西还不够自己费心折腾的，因此从来不记录。突然开始记录，因为觉得自己应该多记下来生活里做过的和有成就感的事儿，这样能更好地督促自己感受到生活美好的一面，进而更好地管理时间，安排生活节奏。

在进行了这一系列的改变之后，慢慢地，我的生活开始出现了奇迹：

① 每天的精神状态特别好，特别是早晨早起后，再没有困顿不堪和身体疲惫的感觉。

② 因为时间变得多了很多，因此无论做什么事都特别耐心平和，内心没有一点紧张和焦虑。在面对紧急困难的事情时，不会像以前一样心里烦躁，反而会很从容地一点点解决。

③ 因为健身的时间多了起来，还专门请了私教上课，身体好了，整个人的精神更好，体能也从产后的虚弱逐渐恢复起来。即使不上课的时候，去健身房随便跑跑步，都觉得整个氛围让自己很精神！

④ 生活节奏放缓了，有足够的时间去陪孩子或去做自己喜欢的事，生活里不再只有工作，还有了很多时间学会欣赏与享受生活。

⑤ 有时间开始约朋友们吃饭，认识和熟悉了更多的人。以前有想法也没时间，约个人出门，都着急忙慌地赶时间。现在每周坚持约见

两个朋友吃饭或喝下午茶，让自己的人际关系更好，交了很多好朋友，更重要的是以前不熟悉的朋友变得熟悉又亲密。

⑥ 皮肤！自从早睡早起后，皮肤直接跃升10个格！用什么化妆品都能嗷嗷吸收，那种晦暗无光打粉底都盖不住的疲惫没有了，现在不用粉底都能出门遛孩子！

⑦ 运气好！时间更多的时候，上午就能开始工作，早早完成一天的工作，甚至一周的前两天，就完成了整整一周的工作，让自己的心情变得大好，也能更好地安排其他的时间享受生活，享受跟孩子们在一起的时间。

以前不太理解那些打鸡血签到打卡的晨起党们都在干什么，四五点起床有啥可提倡的，我还做梦呢。现在自己开始早起，虽然没有四五点，但生活里已经发生了很多奇迹。表面上看来，时间更多，就能多做更多事情，但最大的变化是心态和享受生活的态度。

其实对于我们大多数人来说，并不是没有时间做事情，而是没有很好地管理好自己的时间。很多人觉得管理时间是技巧问题，比如在马桶上看书，在公车上买买买就叫时间管理了。然而，时间管理不仅仅是对时间的管理，还有通过改变自身的习惯，利用有效的工具，对自己人生、情绪、生活态度的管理和协调。

现在我的目标是培养自己，每周集中用1～2天时间完成一周的全部工作，然后才有更多的时间去自由支配。今年的计划还有很多，比如考MBA；带孩子出国旅行；与100个朋友见面聊天；读100本书；看10场话剧；逛10个博物馆等。但无论多么伟大的计划，都要从改变自己不好的生活习惯开始，高度的自律才能让自己更自由。

不出门走走，你都不知道自己有多Low

上次出差拜访了平定刻花瓷大师张文亮老师，张老师出生在平定农村，初中毕业跟着父亲学习刻花瓷，从工厂里的杂工开始做起。现在已经50岁的张老师的刻花瓷作品，是国家非物质文化遗产。我在他的作坊里跟着学做了一个小瓶子，每一步都是精雕细琢的慢功夫。第二天跟张老师在一个桌子上吃饭喝茶，张老师说："我从初中毕业跟着我父亲学做刻花瓷，到现在可以说做了一辈子了，我一辈子就做了这么一件事儿。我父亲的刻花瓷，在我手上没有丢，我把刻花瓷做到了国家非物质文化遗产上，这辈子我就够了。"

我用张老师自己做的茶具喝茶，一边喝一边不要脸地问他："这个小茶杯要是卖的话多少钱？"

张老师说："随便，我开多少钱就多少钱，我开3000就3000，我开10000就10000，但是，多半我不舍得卖。"

大师跟我说："如果我每天做这些东西，仅仅是为了赚钱，那我一定是做不好的，因为那样我每天都会想，我今天做一个瓶子500块，我今天有饭吃了，明天再做一个赚1000块，我又可以买双鞋了。用这样的心态去做任何事情，你永远都做不好。现在我这门手艺，已经成了国家非物质文化遗产，我所想的并不是如何赚钱，而是这门手艺已经成了国家的，我应该怎么样来回报国家，以及如何把这门手艺再传给下一代，如何让更多的人了解和传承这门手艺。”

说真的，我特别感动，回来一直在跟家里人说今天我遇到这个大师多么多么不同。我所生活的环境每天还是挺浮躁的，周围所有人都在研究如何快速变现，如何一夜成名，怕跑得不够快，挣得不够多，不断地消耗自己来赚钱。但张老师的话让我看到了一种不一样的格局和眼光，真诚又踏实。

他总是在强调自己是一个农民，没什么文化，就是一个做瓷的，但我觉得自己才是一个没有什么文化的人，他的事业和格局是我远远达不到的，比如我看到他的作品第一反应就是多少钱……

出差的时候，我还认识了很多领域的老前辈，他们大多五六十岁了，特别耐心地跟我交流，为了我的到来齐聚一堂，这让我特别受宠若惊。跟大师们交流，心里特别安静，你能感受到他们言谈举止中自带的文化气息，我形容不上来，就是立刻觉得自己特别肤浅。人家每天研究的那都是正经事儿，每个人每分钟都在推动社会进步往前走。自己呢？一天到晚不干正经事儿，格局太小，水平太差，惭愧得不行。

以前有句话叫：“不出门走走，你会以为眼前的一切就是你的全世界。”

现在看来，不出门走走，你都不知道现在的自己有多Low，还以为自己挺牛呢。这次出差，因为去了很多农村和古迹的地方，给我的改变挺大的。以前总觉得这些东西没意思，也没什么看头，自己也不那么喜欢历史，但现在看到这些，眼前总是会浮现出很多画面。可能是因为年纪大了，突然开始喜欢读历史文化，喜欢喝茶，喜欢艺术与人文。朋友小令说她也在读魏晋南北朝的历史，想来想去，大概是因为我们突然老了，开始喜欢有沉淀的东西了，再也不是灌一茶缸白开水就疯跑着玩的小女孩了吧。

在自己的小圈子里，待的时间越长，越容易禁锢自己。身边的人就那些，朋友圈里也是自己熟悉的行业和内容，会觉得自己过得还挺牛的，像个人物似的。可真正走出去看一看听一听，会发现能学习的人和东西太多了，多到每遇到一个不懂的，就赶紧记下来，回到酒店就立刻查查。这种求知若渴的感觉非常棒。

自满了之后很容易什么话都听不进去，对自己不利的话，总觉得是因为对方不了解自己，只听进去对自己好的话。出去走走，无论是世界各地还是大农村，没人跟你说话，因为随时随地都觉得自己是个大白痴。

人一忙起来，觉得自己特白痴的时候，也不焦虑了，也不迷茫了，也不刷朋友圈了，也顾不上刷代购买买买了，就想好好学习，因为觉得自己太 Low 了。

前段时间，我开始做一项改变。以前我挺宅的，在家里不怎么出门，也不爱出门，也不喜欢跟人说话，特别内向。现在我觉得自己要慢慢突破这个问题，从每周见两个人开始，要打开自己，通过更多的人了解更多的世界。

在朋友圈发出这个想法以后，很多人前来报名吃饭聊天。我以前也不接受出差，现在开始尝试可以接受。我还专门找了楼下的中介公司的小姑娘，每周请她吃饭给我讲讲卖房子的故事，还准备到便利店打工一小时 15 块，虽然转身买根冰棍就白干了，但可以了解便利店的来来往往的故事。我特别喜欢听故事，听美容师讲，月嫂讲，保姆阿姨讲，用别人的经历，增长自己的见识。

你会发现当你自己迈出第一步的时候，整个世界都在等着你。

越咬牙切齿背后中伤别人，越暴露了自己的不堪和格局

总有人问我一个问题："星姐，我是个特别积极上进的人，每天都要学习很多新东西，但我周围的人都每天吃喝玩乐。我不想跟他们一起混日子，但会显得特别不合群，他们也会特别排斥我，中伤我，甚至背后黑我骂我。现在我特别孤独，我想知道你当年特别拼的时候，是怎么处理这些人际关系的？"

我啊，我都孤僻了好多年了。不是因为我周围的人不上进，而是因为我从大学进去就迟到了，分到了别的系的宿舍里。人生地不熟，加上不是同班，上课时间也不固定，自然只能自己一个人到处走。我生性就孤僻，喜欢一个人待着。3 分钟自己能干完的事儿，绝不想拖着另一个人干 30 分钟。因为喜欢一个人独来独往，干脆利索，至于同学关系，我不觉得天天一起上厕所就革命友情深厚了啊。人各有志，不能说自己积极向上，就说别人吃喝玩乐的价值观不对，只能说，大家的兴趣爱好不同，既然这样，没必要一定在一起。

还是从大学说起。

那时候刚入学，我的目标是考研或出国，总之志向满满。因为我的大学是一个小城市的二本，大部分人都是本省学生。我从来都是一个人吃饭，一个人去教室，一个人坐在第一排，一个人上自习，一个人5点起床学习，12点还在厕所或楼道里背单词。大二考完六级的时候，英语老师在班里对着其他人说："人家提前考六级，考得比你们的四级还高，你们是怎么学的？"

那一刻，我就知道可能我在大学不会有好朋友了。

大部分同学关系都一般，没什么最好的朋友，大家背后都不喜欢我，直到现在也是，回忆起大学没什么感觉，只有在楼顶上对着太阳背单词的记忆。后悔吗？不，因为想做什么，都是有代价的，这个牺牲，我认，我不能什么都要，这道理我懂。

有朋友吗？当然有，比如研究生，或者其他系里也想考研或出国的同学。我们在一个小圈子里，相互鼓励齐头并进，但也走着走着就丢失了。

那些吃喝玩乐，一年胖了20斤天天煲电话粥谈恋爱的同学就错了吗？当时觉得，他们太不上进了，能有啥前途？但今天看来，不，只是不同，我不能用自己的价值观去要求别人，这太狭隘了。也许人家当年也都觉得我是个一年瘦了20斤的傻子呢。

如果你努力不是为了自己，只是为了能得到别人的赞同和肯定，别人必须给你鼓掌，当周围的人对你产生不屑和敌意的时候，你会最先开始怀疑自己，是不是哪里做错了，让他们不高兴了？让他们孤立了你？

你没什么错，只是想要的太多了，又想自己牛，还想让别人喜欢比他们牛的你——当然，他们也是嫉妒你了，怕你超过他们，当他们无法干扰和阻止你进步的时候，就开始孤立你。

不过，当一个人真的很笃定自己的路的时候，根本顾不上周围的一切，什么流言蜚语冷嘲热讽，通通都不在耳朵里，因为根本就不是一个世界的人啊。

孤立你很可怕吗？不啊！再也没人拖着你一起上厕所、打饭、打水洗澡、上课、谈恋爱、逛街、吃麻辣烫……没人再占用你强大的时间流了，你可以把自己的大部分时间都留给自己，甚至你根本没心力跟他们一起去八卦隔壁班长得帅的那个男生，毕竟你心目中的男神可比他又帅又能干。

他们对外可能不会说你什么好话，他们可能会冷嘲热讽你；他们可能会觉得你脑子有病是个大傻子，可如果你连这些都接受不了，你离成功的路可能还远着呢，有十万八千里。因为未来每一次小小的成功背后，还会藏着更多中伤，它们还没扑向你呢。

我看过一个大学在读的朋友发的朋友圈，她说道："因为要创业，受到同宿舍女生的集体排挤。我今天搬出来租房自己住了，周围都是志同道合的朋友。很多人觉得我这样做不值得，但比起看我不爽的人，我更在乎自己想要成为怎样的人。"

真棒，真想给她鼓掌。

我是个特别拼的人，有多拼呢？连我老公都说："你明明可以在家吃喝，当个健身美容学英语的全职太太，但却把自己逼得30岁都有白头发了。"

有很多人看我不顺眼，也有很多人在背后说我坏话，中伤我、诽谤我，但我知道我在做什么，我想做什么，以及我想要成为怎样的人，这就够了。至于背后骂我的人都什么样儿，我不关心。我还不是什么成功人士，也没实现自己的目标，我没空管背后那些絮叨和鸡毛蒜皮。曾看到衩姐写的一段话："你们对我的百般注解和识读，并不构成万分之一的我，却是一览无余的你们。无论抱着何种心态去揣测别人的所做和所想，越是咬牙切齿或绘声绘色，越暴露了自己的不堪、遭遇和格局。"

深以为然，感动得掉泪。暗暗提醒自己要有强大的内心，以及千万别成为没有格局的人。

高中的时候我看到过一篇文章，讲狮子永远不要跟老鼠比赛。比赢了，也没多大成就感；输了，别人反倒会说，你一个狮子居然跟老鼠较劲，丢自己的脸面。这个故事我记了十几年，每次有人中伤我的时候，我都想，**我是一个要当狮子的人，虽然现在还不是，但我也不能跟老鼠较劲，掉价！**

我不是傲气，而是给自己打气。哪有那么多人就该在你成功路上给你加油？这世上，没人必须像你爸你妈一样眼巴巴地盼着你好。孤独前进的路上，温暖都是自己给自己烧起来的；鸡血都是沿路自己灌的。有人关注你，才会骂你害你中伤你。等你人到中年还混得什么都不是的时候，你才会知道，被别人遗忘才是最心酸的事儿。

奋斗在大城市里迷茫太多，只因为你忽视了这个品质

我的祖籍，即我爷爷的出生地，是山西阳泉，但因为爷爷年轻时举家外迁了，因此阳泉对我来说，一直是户口本上的一个地方，我长这么大从没有回去过。生完二胎不久，有了一次去阳泉出差拍片子的机会，那是我连续生了两个孩子以后的第一次出差，心情十分激动。以前总觉得，想要往全世界跑，这样才能看到世界的精彩。然而那次阳泉之行，让我改变了这个想法。

作为一个地级市，阳泉虽然不繁华，但每天见到让人从心底敬佩和感动的人和事，我觉得自己以前的视野真是太狭隘了。

· “既然选择了就要认真做，每个行业都有自己的不容易”

阳泉最有名的是煤炭业，这次也见到了很多传说中在煤矿井里工作的工人们。下午 3 点我们到的时候，正好是他们上井的时候，每个人都一身黑，除了白色的牙齿，笑起来清晰可见。

他们每个人几乎都从18岁开始下井，接替父亲的班，成为一名矿工。每天8点下井，15点上井，洗澡吃饭后回家睡觉，一干就是几十年。

我问他们作为矿工最担心什么，他们说煤灰会吸入身体里，所以他们基本上都会有呼吸道疾病，属于职业病。但自己既然选择了这份工作，就要认真做好，每个行业都有自己的不容易。

有一个年轻矿工特别喜欢聊天，他跟我说："我老婆不想让我做矿工，因为担心身体会不好。这个工作影响健康谁都知道，但如果谁都不做了，煤从哪里来。不管什么样的工作，都总要有人做的，想到自己让家里人能吃点儿好的穿点儿好的，就挺满足的。"说完这段话，他看着远处的山，露出白牙嘿嘿笑。

· "不是只有在大城市才有梦，我在小地方也有我的梦"

小白，在国内的"化石圈"里极为有名，他是一个不善言谈的男孩，除了谈起他的"恋人"——化石。

小白是阳泉一个煤矿工人的儿子，从小在煤堆里捡石头玩儿。他总觉得那些石头上的小树叶和动物形状很有趣。他捡了很多很多这样的石头堆在家里，又被家人扔出去。为了保护他的石头，他把很多心爱的石头都藏在一个地洞里。长大再去挖，结果再也找不到了。

小白捡石头，一捡就是30年。平日里，他的工作是在矿井下探测瓦斯浓度。业余时间，他是山间的一只兔子，乐此不疲地在山中找化石。山西境内有很丰富的化石资源，比如恐龙遗迹，原始人类活动遗迹，哺乳动物化石，甚至还发现过三千多年前的化石。

小白对化石的研究专业程度，超过了很多专业人士。被他发现和抢救出来的很多化石，都捐给了各种博物馆，或跟其他化石爱好者互相交换。很多人想要把他的化石商业化，甚至据说很多人都盯着他和他的家，希望能够变现。但对于小白来讲，他的梦想是在阳泉建立一个化石博物馆或古遗迹公园，让更多的人能够通过化石去了解历史和自然。

我跟他说："你这种天才级的人，就应该关起来好好保护着，你是天才啊，你的任务就是去发现历史，其他什么都不要管。"

他说："很多人让我到北京去，我不想去，我就想在自己的角落里，认认真真研究我喜欢的化石，不是只有在大城市待着才有梦，我在阳泉这个小地方，也有我很大的梦。"

· 他们认真努力的样子，比迷茫焦躁的我们强一百倍

说真的，看着他们朴实和认真的劲儿，我就想起了我父亲，一个电焊工人，每天穿着被四溅的火花烧坏的衣服和袜子，成年累月地认真工作。年少的我，曾经劝他，干吗那么努力，那么多人吊儿郎当的不都也有工资吗？可直到他去世后我慢慢长大，我也成了一个认真到让助理都抓狂的人时，我才明白——认真，就是一种信仰。

我们生活在一个浮躁的社会里，一夜暴富的故事此起彼伏地冲击着我们的耳膜。我们的内心忽闪忽闪的，急速地想要成名成家，早就忘了刚毕业时候"想要让世界因为自己美好一点点"的小愿望。但实际上，我们蜗居在自己的小圈子里，每天做一样的事情，跟熟悉已久的人吃喝玩乐，生活稳定安康。时间久了，就会觉得，自己眼前和生活里的一切，就是自己的全世界。

出来走走看看，那么多平凡而认真的人，他们可能不懂什么叫Brunch，也不懂最新的高科技和时尚，他们从未出现在大众的视野里，但**他们正在用自己勤奋的双手，改变着自己的生活，他们认真努力的样子，比天天喊着迷茫焦躁的我们，强一百倍！**

不出门，不知道世界之大；不识人，不知道生活有多少模样。站在固关长城的顶上，俯瞰下面的一切，那么多来来往往的车和人，又有多少平凡而认真努力的故事？我们以为有点钱，或者多认识一些洋气的单词，自己就高级得不得了。面对那些朴实无华认真对待生活的人们，我们有什么资格抱怨这个世界？

别一不小心，就暴露了自己的骂街相

朋友有次跟我说："前几天我发了一个快递，今天还没到，我就去找快递，结果发现发错了地方。快递是个新来的小孩儿，有点不熟悉流程，折腾了好久都没查到。我当时就火大了，立刻气急败坏地骂了他一顿。放下电话，我就后悔了，我怎么能那么尖酸刻薄呢？我以为自己平时也挺有素养的一个人，没想到骨子里还会这么得理不让人，稍微不满意就这么刻薄。那个快递小哥一定很难过吧，我真是后悔。"

是的，小快递一定很难过，因为我也受到过这样的对待。

去年年初做过几次团购图书，有一次一个客户没有按照以前的速度收到快递，打来电话找客服。客服一查，当天给客户送快递的小哥生病了，换了人要晚一点送去。客户立刻就火大了，把我们小客服骂了二十多分钟。当时，我让客服用同城快递又发了本给那个客户。晚上客户收到了快递送的晚到了一小时的书，也没吭声。

有时候公众号后台也会这样，读者可能在问一个事情，但我们并不是 24 小时在线秒回，看到的时候，经常已经是第二天了，但发现对方说着说着就变成了骂人。

我曾经很多次试着换位思考，如果是我，找对方问个事儿，对方没有立刻回复，自己会着急吗？

是的，会。我经常找助理找不到，就能瞬间着急上火。

其实我们每个人的内心深处，都有一副随时撕 × 骂街的泼妇相，只是平日里掩盖了，但只要遇到一点儿小事，就会立刻点了火，像爆发了一样，有时候连自己都不敢相信为什么自己会这样。

当然，除了生活中偶尔会遇到一些重大的事情据理力争外，很多时候我们的尖酸刻薄仅仅是因为一些很小的事情。比如快递晚了一天，外卖少送了一盒，买的新产品没有想象的好用……我们很难心平气和地去面对和解决这些问题，一开口就好像自己占了个大理，一定要把事儿说道说道，恨不得让全世界都支持自己。

问题有那么严重吗？其实并没有，但自己的表现，有时候自己都想不通。

我曾经问过一些心理学者，为什么年轻人很容易尖酸刻薄，遇到点儿小事就很容易得理不饶人？反而年纪大的人会很平和？仅仅是因为生活阅历吗？

朋友说，其实阅历并没有太大原因，而是社会层次。年轻的时候大多数人都在社会底层，工作上生活上更多的是被教导，满心的怨气无处发泄，稍微找到一个出口就容易爆发出来。但随着年纪大了，视野更宽广了，内心会变得宽容，因为经过 10 年的打拼，会理解到生活的各种不易，自然就会理解很多了。

前段时间跟前辈吃饭，前辈说：“我刚当上领导的时候，特别唯我独尊，那时候我觉得那是个性，到处给别人找麻烦，不依着我我就闹，觉得自己特别不同凡响，是不一样的烟火，看谁不顺眼就骂。现在很多人说我当了总裁了，心平气和了，其实不是，是我在当了高管之后往下看，才知道当年的我有多讨人厌。我现在明白了，每个人都有自己的难处，每个岗位都有自己的职责，他们没有义务为我的特殊要求开绿灯，我也没有那么不同凡响。”

以前觉得自己很特别，那些三十多岁的人，每天活得一点精神气儿都没有，看什么好像都行，一定没有自己的想法。现在自己到了30岁才知道，并不是人年纪越大越没力气与世界相争，而是眼界和身份，让自己看到了更大的世界，也学会了宽容和理解。更深地了解了自己的能力，学会接受以及与自己相处。

曾在朋友圈里看到一个小故事，据说是年度最佳微小说：

一老头骑三轮蹭了路边停的一辆路虎，正愁眉苦脸时，这时走过来一个路人。

路人问：赔得起吗?

老头：赔不起!

路人说：赔不起还不跑，等人家来找你啊!

老头欲言又止，最终还是一步三回头地走了！这时这名路人拿出钥匙开着路虎走了!

人一生当中，最大的炫耀，不是你的财富，也不是你的精明，更

不是你的手段，而是一种简单的理解和体谅！我们都以为自己很有素质，其实是因为我们生活在平和的环境里。就像所有人都觉得自己很勇敢，但真正灾难来临的时候才能面临考验。

真正的素质，不仅仅是在平和环境里的表现，更是在危难或自己利益受损的时候，表现出来的言谈举止和处事方式。在自己为一点儿小事气急败坏的时候，试着换位思考一下，把对方往好了想，或许能平静很多。这是我对自己的一个新要求，与大家共勉。

二十多岁总觉得没必要那么拼，三十多岁才发现只有自己被狠狠地甩出八条街

1

之前去邻居家聊天，她跟我提起不久前去参加的一个组织的聚会。聚会上，大家每个人自我介绍的时候，都提到自己的一个社会职务，比如 ×× 总监，×× 总裁，公司名号都响当当的，轮到她的时候，她都不知道该怎么介绍自己。虽然自己上着班，但现在的职位和背景根本拿不出手。自我介绍完毕之后，别人都相互握手，觥筹交错，只有她自己介绍完自己，就完了。

她跟我说："二十多岁的时候，天天出去 High，三天两头换工作，没事儿就辞职几个月不上班。那时候觉得，人生那么长，没必要跟别人一样那么拼，人生又不是赶时间，结果现在三十多了，周围的人都一个个有模有样了，自己却还在底层晃悠。"

人生到底要不要紧追慢赶并不重要，重要的是，可能只有你被落

下了。

前段时间有段话特别火，大概意思是说，只要没孩子，人生没必要紧追慢赶的。可事实上，说这句话的人，可能说说就去赶路了，但你却相信并实践了。

人生就是这样，特别是在大城市里，各种各样的压力压得人喘不过气来，只能靠一些云淡风轻的段子给自己一点安慰。但睡醒了你发现，周围的人个个都在你追我赶，你稍微走个神，连地铁都挤不上去。

说了那么多年的逃离北上广，我周围也没见谁真的走了。大家还是在地铁口换上平跟鞋，涌进人潮中，开始一天的奋斗。

2

一个90后的小客户跟我说："星姐，最近没客户，好忧伤。"

我问他："你不是前段时间巨忙吗？这几天好好休息下。"

他跟我说："年轻，不想休息。我要工作，我喜欢被工作压得喘不过气来。"

我一边骂他变态，可一边又觉得，我年轻的时候也是这样啊。可能每个人年轻的时候都是这样，但过不了几年，就开始学会偷懒了，再过几年，就懒得抽筋了。

前几天朋友聊天说，公司新进来一批实习生，一起开会做头脑风暴的时候，特别事儿。每个人都觉得自己特别有奇思妙想，但都想得特别不切实际，要么执行不了，要么就是在给自己挖坑还不自知。都说年轻人想法多，他们这不叫想法，叫幻想。

我问她，那最后选了什么创意？

朋友说：“当然是选了我的创意。其实也没什么创意，这种长期服务的客户，每个月的路子都差不多，直接照着上个月改改就好了，没什么特别的。”

你看，不是别人爱幻想，是我们压根都懒得想。我们早就学会了偷懒又讨巧的办法，日复一日地钻空子。我们害怕的，不是新人的新想法，是害怕他们的新想法给我们带来更多的工作量。反正一样的工资，干吗给自己找那么多事儿呢？

3

我是一个对自己要求特别高的人，经常会自省，特别是到了 30 岁左右的时候。我都没意识到，我都已经三十多岁了。以前看到别人人到中年的时候，心里都为他们哀叹一声，没想到自己也这么快就到了。

早教班老师发来短信，让给孩子准备明天上课的材料和工具。我翻箱倒柜地找了半天还没找全，又感觉带不全是不是会给孩子丢脸？别的小孩都有，我们没带全，会让孩子很自卑很没面子吧？

找东西的时候突然想到，这是我第一次做家长作业，以前都在朋友圈里看别人做，还嘲笑别人，你看，现在轮到自己了。我现在居然是一个家长了，但内心还总觉得自己还懒，想让人照顾呢。

朋友前几天开家长会，回来跟我说：“今天好奇妙啊，我居然是一个小孩的家长了，我居然作为家长去开家长会了！”

你看，我们每个人都没意识到，时光是那么那么的快，快到我们没留神，就被别人落下了；快到还没足够长大，就当了别人的家长；快到自己还没像个年轻人一样活 High 几年，心就已经老了。

4

以前我是个特别固执的人，只相信自己的感受，不接受别人的意见。最近一段时间，我思考了很多。我慢慢发现，**当我试着去相信别人的时候，别人的长处，居然恰好是自己的短处，在一起合作可以无缝地衔接，感觉甚好。**

作为一个三十多岁的中年妇女，虽然话越来越少，脑子越来越不好，但内心在试着慢慢开放。以前看不上的人，决定相信他试试看；以前觉得天方夜谭的想法，决定不如仔细想想可行性；以前不屑干的事儿，不如亲自做一做。我发现，时光仿佛回转了十年，我又变成了那个神经病一样的小女孩。为此，我又给自己立了一些规矩：

① 坚持每天至少半小时读书，特别是读那些自己不想看的书，才能真的增长知识。

② 开放自己的内心，多听别人的意见。如果自己的第一反应是“不”，不妨改成“试试看”。

③ 多去参加不同的活动，把内心的“不屑”收起来，带着欣赏的眼光去看一看，而不是批判和挑毛病。

④ 多去见不同的人，和不同领域的人聊天说话，才能真正了解自己未知的世界。

⑤ 面对不敢和不想的事情，鼓励自己多试试，又不掉块肉，顶多是失败了，反正也不是名人，不丢脸。

以前每天窝在家里工作，也经常心情不好，思路闭塞。现在基本上每天中午都安排了与不同领域的朋友和客户吃饭，经常带着孩子参加各种各样的新活动，才感觉生活一直都很好啊，只是自己一直关闭了心门。

前几天买了一件正红色的长裙，红包一样的红，脱掉那些一直觉得 30 岁就该穿稳重一点的黑白灰，嗯，原来的那个充满激情和活力的我又回来了。就像那个 90 后小客户一样，想工作，想努力，让暴风雨来得更猛烈些吧！

第四章

意气风发，让生命为你喝彩

用自己的双手，用自己的汗水，开拓一段意气风发的人生吧。天高任鸟飞，海阔凭鱼跃，只要你有能力，只要你肯努力，这个世界为你准备好了足够大的舞台，你就是舞台上最闪耀的主角。

36 岁收费员哭诉除了收费啥都不会，83 岁清华学霸被阿里巴巴年薪 40 万争抢，你呢？

1

阿里巴巴曾 40 万年薪招聘产品体验员，要求 60 岁以上，与子女关系和睦，广场舞 KOL（营销学术语，指关键意见领袖）优先。这条新闻像奇闻一样在朋友圈传开。大家都以为是假的，是个噱头，60 岁以上的人，不颐养天年也就是带带孙子了，就算跳广场舞跳得好，那也是个老年人，还能干什么啊？

没想到几天后，10 个候选人出炉了。

83 岁的李路阿姨是清华大学毕业的学霸，思维敏捷，言简意赅，她还是十几个微信群的组织者，经常参与线下活动。

62 岁的黄大伯是“IT 宅男”附体，直接做了个 PPT 来介绍自己，“淘宝 12 年买家经验”“芝麻信用分 785 分”“熟练操作 Photoshop 设计软件”。

……

我还不会 Photoshop 呢，我还不是任何一个群的意见领袖呢，线下活动更是我最弱势的地方。我感觉自己被一群大爷大妈秒杀了。

看到这个新闻，我立刻想到了另一个新闻：有一处高速收费站要被拆除了，36 岁的工作人员哭喊着说自己的青春都献给收费站了，除了收费自己啥都不会，以后怎么活？

很多人被老头老太太们震惊的同时都觉得，36 岁只会收费，其他啥都不会，这能怪别人吗？还不是自己不够争气。

可是想想，我们大部分人不也是这样的吗？

2

以前看过这样一个故事：

美国有一对兄弟，哥哥在 500 强公司做高管，收入丰厚又稳定，福利还很好。弟弟做出租车司机，收入忽高忽低，生活很不稳定，但一年下来也跟哥哥差不多。

经济危机时哥哥失业了，收入变为了零，只能靠存款勉强度日，面对高昂的房贷，不知道如何是好。而弟弟依然在开出租车，完全没受什么影响，收入跟以往一样。

有一位名叫塔勒布的专家，在分析了大量的类似案例后，得出了结论：越稳定的越脆弱。

就拿咱们说吧，想一想自己如果现在公司倒闭了或自己所在的行业过气了，自己还会做什么呢？日常生活里的自己，有没有想过多学一样吃饭的本领？十多年如一日做的一份工作，每天上班跟养老没什么区别的日子，真的就是好日子吗？

毕业的时候，我们都充满激情，喜欢刺激，但刺激三年后发现，太累了，能找到一个稳定的工作，有稳定工资和年假，能带薪安安稳稳生两个孩子，产后就一劳永逸地在这家公司养老，简直就是人生的终极目标。

然而，时代变了。

这个社会正在以无比焦虑的方式，横扫每一个人的内心。巨大而快速的变化，把那些不思进取、跟不上时代、对身边世界完全无感、在自己的小世界里自得其乐的人，狠狠地甩到了身后。

最可怕的，不是你跟不上时代的变化，而是你根本不知道自己被甩开了，并且被自己看似稳定的世界，害得越来越脆弱。

3

36岁的收费站管理员，以为自己一辈子都能在这个岗位上天天收费，稳定的生活让他从来不想别的。当社会变化了的时候，他反而跟对方哭诉，凭什么说拆就拆了？我的青春都献给你了，你说不要就不要了？那我该怎么办？

83岁的学霸老太和62岁的IT大伯，同龄人不是在养生就是在带小孩，再或者就是在医院的病床上插着氧气管。他们的人生，按照大多数人的路线，本应该颐养天年，最次也没必要再学习用微信，更用不着学Photoshop。可在他们不安的内心里，因为同龄人的生活充满了倏忽而至的不确定性，这反倒激发了他们对生活更高的追求。

活到老学到老并不是天方夜谭，现在学到老都能工作到老。这个社会，正在以年龄招聘转向“技能招聘”，越来越开放和多元化的需求，注定了“有能力就上”的现实终于来到。

在我周围，这两年有很多年轻人辞职了。我也曾劝过他们，保留一份稳定的收入有什么不好呢？现在我明白，是我错了。那些追求自我的年轻人，已经无法忍受一份稳定的工作要占用自己大量的时间，他们无法接受只能在下班后且还要避开老板才能发朋友圈进而发挥自己业余爱好的状况了。

你发现了吗？那些真的辞职了的年轻人，都活得一个比一个好，挣钱都是以前上班的很多倍。相反，固守在公司格子间里天天抱着保温杯的人，大部分都以养老的姿态熬过一天又一天。

4

形成自己的风格与优势，建立一项自己的核心竞争力，帮自己建立一个别人拿不走的身份和品牌，而不是社会价值下的职位。

10年前，没什么人对这句话有感触，那时候每个人都以能进入一个大牛公司做到高管、月薪10万元为荣。而今天，这句话应验了。同时，这样一句话我也深以为然：找到了一个可靠的组织，拥有了一份稳定的工作，但因安于稳定、安于舒服，而在时代的推进中，你会变得越来越脆弱。

不是说每个人都必须辞职自己闯世界，而是说，**越是稳定的时候**

越应该有高度的警惕性，让自己锤炼一个别人拿不走的身份，是让自己能好好活在这个多变世界里不怕风吹雨打的关键。

83 岁老太太都要年薪 40 万了，你会 Photoshop 吗？

世界上最毒的情话，就是“我养你”

1

凌晨一点半，我借口手机信号不好，挂断了电话。电话那头，是一个平日里并不熟悉的朋友，不知道为什么，她最近总给我打电话，哭诉自己老公要离婚。他们的故事，我从一无所知，到细枝末节都了解得一清二楚。开始我能出于礼貌接电话，但后来她不分时间场合地打给我，哭诉起来就挂不断，甚至到半夜一两点……完全不顾及我还有老公孩子在睡觉。

我突然有点理解，她老公为什么要离婚了，我都想把她拉黑了。她反复跟我说的一句话就是：“当初他说不用我上班可以养我，现在嫌弃我黄脸婆什么都不懂带出去丢脸，他就是变心了，不爱我了，肯定外面有人了！”

她哭，她闹，她找了他身边所有的朋友帮她挽留，因为没有他，她活不下去，但所有人都跟她说：“你们还是离了吧。”

我问她：“这十多年，你们也没要孩子，你白天都干什么啊？”

她说：“开始的时候经常去旅游、逛街，后来没意思就看电视看小说，这几年开始打牌，但我们这么久没要孩子，我年轻不上班老被邻居说闲话也就不出去了。”

“那你老公这些年都干了什么？”

“他上班呗，升职加薪挺快的，现在到中层了，经常出差，一礼拜回来一天吧，钱倒是给够我，但人不在，我前段时间说想要个孩子，我一个人太寂寞了，没想到他提出了离婚。”

我想起那句话：“世界上最毒的情话，就是‘我养你’。”

2

想起了一句很火的话：“我们都想着要做安迪，结果都变成了樊胜美。”

虽然我们可能没有樊胜美那样一个无底洞的家庭，但大多数女人，都跟樊胜美一样想着找一个有车有房的男人，最好能让自己什么都不操心，如果连班都不用上那就更完美了。

别着急否认，我们跳脚地评价樊胜美的价值观，其实是因为樊胜美戳中了我们内心的小秘密。很多人说，全职太太也有自己的功劳，打理家庭，买米买面。可这话用在豪门差不多，普通人家哪儿有那么多事需要一个太太专门打理啊？当然，有孩子的全职妈妈是另外一回事儿。

大多数人评价一个女人嫁得好不好，不是去看双方相不相爱、是否有共同的价值观和努力方向，而是单纯地以男人有没有钱、能不能买房买车作为依据。当然，这也没什么错。但大多数的女人，会因为男人爱意正浓时候的一句“我养你”，就卸下了所有的重担，过上了在家吃薯条看八卦剧的日子。

工作是什么？不是仅仅为了挣钱，更重要的是人与人的交际往来、视野和经验，面对社会、面对世界的经验。当一个人已经自信满满地走向全世界，一个人只会窝在家里的沙发上刷剧幼稚得像个宝宝，“爱”这么脆弱的东西，怎么能抵挡得了人性中的变化？

3

前几天看了篇文章，说一个40岁的二胎妈妈，在第二个孩子3岁的时候，老公提出了离婚。离婚的时候，她并没有难过，因为冷暴力早就不是一天两天了。她说：“当年有了孩子，老公说他养我，让我安心带孩子。但这些年老公越来越优秀，我只能跟他聊些孩子今天拉了还是吐了的话，有时候我自己都觉得没话可说了。这种日子别说他过不下去，我也过不下去了。”

当然，这男人提离婚是挺浑蛋的，但需要我们警醒的不是哪个男人不浑蛋，而是自己到底该怎么做？

记得刚生完第一个孩子的4个月产假里，我把所有的心思都扑在孩子身上，但当我翻开朋友圈的时候，打开同事群的时候，跟来看孩子的同事一起坐下来吃饭喝茶的时候——我发现，我插不上话了。外面的世界变化太大了，我有点跟不上了。

一个网友给我写信说："我是一个全职太太，刚开始不上班的时候，每次朋友圈发吃喝玩乐，很多人都给我点赞羡慕我。但慢慢地，我发什么都没人关注我了，点赞也少了，有时候一个人都不理我，我就特别慌张，每次看到他们在朋友圈里吐槽加班，转发行业动态，我觉得我被他们甩了。全职太太不是老公能不能养得起我的问题，而是我该怎么做才有存在感和成就感的问题。"

4

有一位嫁入豪门的朋友问我："你老公这么优秀，你还这么拼干什么？"

我说："可能因为我有病，就是那种不挣钱不工作就找不到自己价值的病。"

做女人挺累的，要生孩子，而孩子在成长过程中也会跟妈妈更亲密，妈妈自然付出的时间、精力就会更多，同时还要用心工作，让自己有进步有存在感和价值感，感觉分分钟都要活分裂了。但如果真的不用上班了，可能身体是不累了，过不了多久，你的精神就开始崩溃了。因为你的世界里，就只剩下你老公了。他跟你瞪个眼，你都会觉得天要塌了。

女人是感性动物，很容易陷入另一半的甜言蜜语里不出来，并几十年如一日地相信某句誓言，殊不知外面的世界已经天翻地覆，身边的人也可能早已物是人非。**其实不是对方变了，而是你自己一直没变。"我养你"这三个字，是爱你，但也能废了你。**

著名儿科医生崔玉涛老师说过一句话："每个妈妈在家里也要打

扮好，因为孩子每天都会面对你。当有一天孩子跟你说别人妈妈真好看的时候，不是别人真的好看，而是因为你每天蓬头垢面地待在家里面对着你的孩子。”这句话用在夫妻关系上，也是一样的道理。

前几天有个朋友找我借钱，结果……

· **借钱，能不能找个好理由**

前几天，有个朋友找我借钱。我问她："你是缺钱租房吗？需要多少？"她跟我说："我表弟上大学想要买个特别贵的电脑，我帮他借点，你有多少给我多少吧。"我挺惊讶的，如果是在北京租房生活过得难，我帮忙，但你表弟买电脑，还要特别贵的，这跟我有关系吗？我电脑才四千块用了好多年呢。

于是我说："不好意思，我的钱也刚都放银行理财了，我刚生完孩子了，只留了一些孩子用的钱。"

对方说："那你都给我吧。"

我有点凌乱了，我问她："那我孩子呢？"

对方说："你不是有老公吗？你用你老公的钱就行了啊。"

哈？

我想起了前段时间，一位男性朋友找我借钱，跟我说："我想找你借 20 万，我老婆生完孩子不愿意去上班，三四年了家里就我一个挣钱的，挺困难。你也有孩子，知道养孩子挺费钱的。我准备用 20 万盘下来一个店，每年出租赚钱，分 4 年还给你，一年还给你 5 万。如果你觉得相信我，就借给我，要是大哥有意见，我找大哥说说。"

大哥没什么意见，我有。

我觉得你要是孩子突然生病了，太太身体不好无法上班挣钱，我都能理解，但你老婆产后不工作挣钱，不为家里做贡献，跟我有什么关系？

你知道我怀孕 9 个月挺着大肚子还天天工作到夜里两点吗？你知道我每个月只能月底放松一两天不工作吗？同样是女人，都产后三四年了，工作一下不行吗？

另外，你拿着我的钱去投资，你挣了钱，给我本金？我为什么不能自己拿钱盘个店面去出租自己直接挣钱呢？

以前有个大咖写了篇文章叫《被遗忘的承诺者》，说自己多少年前资助过一个大学生，之后就忘记了。几年后那个受助的年轻人打电话说要加息 10% 还款给他。这本来是个特别感人的故事，特别正能量。结果微博发布后的几天，作者收到了几百人私信要求捐款，总金额达到一千多万，而理由也都很奇怪——有人要还信用卡，有人要学开车，有人要结婚买房，有人要打麻将，有人要买手机，反正没一个人是什么大困难，但都装可怜穷得不行。

这个大咖在一次采访中说道："在那上面很多都是年轻人，看他们以前的微博，都是在学校里吃喝玩乐的、用 iPhone6 的，怎么在私信里都说得特别可怜，就跟天塌下来似的，不帮助都不行那种。哎呀，觉得世界之大无奇不有，善良的人看到善良的东西，无耻的人看到无耻的东西。”

· 借钱，是一个特别显人品的事儿

朋友小米昨天在朋友圈里说，经过过去几个月超级辛苦的工作，终于还清了买房时跟别人借的钱，终于无债一身轻地躺在自己家的床上，终于心里没有负担地美美睡一觉了。

这年头，买房能跟银行借钱都不易，更别提跟个人了，特别是大几十万的钱。小米这个人，大气又守信用，她借钱的时候，所有人都愿意借给她。她还钱的时候，都按年化6%的利息连本带息地还钱，不足月的都按照多的整月算。这么仗义的年轻人，让我觉得特别钦佩。

我是个不敢问人借钱的人，我胆小，怕自己还不起，也怕欠了人情。曾经我买房的时候，钱周转不开，找朋友借了10万块钱，等自己拿到钱要还的时候，追了朋友两三天才要到卡号还回去，那时候我就发誓，这个朋友一辈子，只要有用得到我的地方，我一定鼎力相助。

· 借钱这件事，有时候也能让感情加深

有一次老公颈椎扭伤去了医院要拍核磁共振，我在旁边扶他躺下的瞬间，书包被机器吸了一下，当时就觉得，会不会把卡都消磁了。等后台交医药费的时候，果然，一张卡都刷不出来了。正好朋友打电话给我，我正在ATM机上一张张刷卡，忙得二五八万的。朋友听说后立刻开车来医院给我送钱，还买了凉皮儿担担面夹肉饼，怕我和老公饿着。虽然蹲在医院里吃凉皮儿感觉不太靠谱，但患难之间见真情，我们结成了儿女亲家。

之前一个亲戚问我借钱，中间家里急事儿缺钱，被逼无奈把钱问人家要回来了，挺不好意思的。等我有了钱又赶紧给人家送去。对方说什么都不要，毕竟那时候我家也没多宽裕，但我觉得人家当初跟我开口肯定是有用，我要回来特别不好意思，就算现在我这钱对人家没那么急需了，但有点钱放在身边备着也是好的，推来推去，把钱给了亲戚。**同样是借钱，但我觉得我们之间的感情还加深了很多。彼此都怕对方没钱不好过，为对方着想。**

钱是王八蛋，但钱也是试金石。

你不是焦虑，而是不能接受比别人差的人生

1

以前听一个私立名校的校长分享，提到教育焦虑的时候，校长说："家长对教育的焦虑，并不是因为孩子学得不够好，归根结底是因为自己对孩子的教育路线没有规划，到处攀比。我家的孩子就没有焦虑，也没有看着别人学什么而焦虑，因为我们全家早就制定好了孩子的教育路线，只要按时沿着这个规划走，根本不会焦虑。"

简直一语点醒梦中人。

现在全民都在焦虑。没房子的为房价上涨焦虑，有房子的为要不要再买一套焦虑，有孩子的为学区房焦虑，上了学的为要报什么补习班焦虑，单身的为父母催婚催生焦虑，已婚有孩儿的为什么时候要二胎焦虑……仔细想想，我们的焦虑不是因为自己真的差，而是因为对比。看看别人，有房有车有二胎，别墅洋房出国游，自己也很努力了，为什么跟别人的差距还是那么大？

对自己没有任何规划，所以天天看着别人对比自己，用别人比自己好的生活，作为自己的生活目标，发现一辈子不管怎么努力都比别人差一步，这么比谁都会焦虑。

2

我们这代人，从小没有对自己规划的意识，一直都是看别人做什么自己就做什么，千万别被落下。人人都哭喊着父母不能随了自己意，但真的给你点自由度，立刻抓了瞎。选什么工作，是不是要跳槽，领导难搞怎么办，统统都让人焦虑得睡不着觉。

说到底，我们既没有为自己规划人生的能力，也没有为自己的决定买单的勇气，只能用别人作为参照物，来为自己做出每一次选择。可作为一个成年人，连日常生活和工作的小事都不能为自己做个决定，那你未来的人生还那么长，该怎么过呢？

我有朋友是做人生和职场规划的，他跟我说："大部分咨询的人，都是30岁以后才来咨询，这时候才发现自己的人生走错了，想重新开始。说起来容易做起来难，特别是看到当年读书比自己差的同学在小城市都混得有车有房，孩子都上学了，自己还没结婚，就更不能接受了。与其说他们为自己的生活状态焦虑，其实他们是不能接受自己比别人差的人生。"

3

朋友跟我说："我一个亲戚孩子在我这里工作，每天说不得骂不得，天天想着怎么能暴富。稍微努力一点点，就觉得自己应该得到全世界，遇到点困难就哭诉为什么别人都那么轻易能成功，生活对自己为什么这么难，特别焦虑，焦虑个屁。”

特别是如今，我们生活在一个一夜暴富和标题党的世界里，每天有无数的故事告诉你，那个谁谁谁，以前过得很差，通过 ×× 事情，融资一个亿，现在成了创业名人，资本大咖。

大多数人，不懂融资和创业，以为一个亿都是自己的，一对比，擦，自己太失败了。

我以前的一个实习生，最近去了一个风投公司工作。前段时间找我，说自己赚钱太少了，有没有好工作介绍。我觉得风投应该不会钱太少吧，一问才知道，毕业刚两年，月薪 3 万多，这个钱还少？

他说：“每天那么多同龄人创个业，我们就给投几百万，我才拿两三万，我觉得自己太差了。”

你看，按说毕业两年月薪 3 万很高了对吧，你还焦虑什么？整个社会很大一部分人的焦虑，在于对成功者的嫉妒和对一夜成名的幻想，越着急越成功不了，然后越来越焦虑，最后就变成了键盘侠在网络上抨击社会。

4

有段时间房地产太热了，每天都有一堆文章来说房子的事情。开始有很多吐槽的文章，得到了很多人的赞同，但陆陆续续有了冷静的声音出现，比如衩姐的一篇文章《凭什么替北京难过？北京并不欠你什么》，文中提到“他们口中的‘生活’，其实是指‘发达’，哭诉‘生活不易’，哭诉的根本是‘没有发财’。”太多人只是想在北京发达未果，因此哭诉生活不易。

以前我也很焦虑，看到别人毕业就有爹妈老公给买房买车，我周围也有家里直接给买大别墅署名是自己的朋友，还有人毕业后遇到好机会一下子飞黄腾达买房买车……后来我发现，自己什么都没付出过，就是眼巴巴地看着别人越来越好，心里越来越嫉妒难受。没买房看别人有房焦虑，买了房子觉得自己的不够大升值不够快焦虑。可时间久了我发现，我的焦虑，并不是房价越来越高，而是看到自己比别人过得差，心里就着急。

虽然我也觉得房价很高，房贷对自己也是一种压力，但我并不同意买房子就降低了人的生活品质这种看法。房子这种东西，本身就稀缺，肯定要付出一定的代价才能得到，普天之下，都是这个道理。多少人为了一个包包或者一个奢侈的心爱之物，节衣缩食都在所不惜，但到了房子这里，需要超水平奋斗的时候，就开始想不劳而获了，想什么美事呢？

不过说实话，我周围没什么房产键盘侠，也没什么焦虑的人。我周围的人每天讨论的都是努力奋斗争取全款买第二套，奋力工作争取5年内提前还完房贷，好东西那么多，得赶紧赚钱买买买。

前几天，朋友小米跟我说："星姐，我开始为第二套房子奋斗了！"我说，你这第一套的钱刚还完，不要着急。小米说："星姐，我觉得第一套70平方米，以后有孩子住不开了，所以我要为大房子去奋斗了！"

每天活在这种人的圈子里，我连懈怠自己的机会都没有，真是太让人焦虑了。**人，首先要有精气神儿，才可能用目标引领你前进。**如果整天都在吐槽和焦虑，那你一辈子都只能做个键盘侠。你以为房价太高你焦虑？那以前很低也没见你买啊！你只是不能接受比别人差的人生，给自己找了一个完美的借口而已。

问问自己的心，是这样吗？

当初嫁得好的人，现在都怎么样了？

1

大王晚上跟我说：“二井离婚了，她说自己最后悔的，就是结婚后再也没有出去工作，一直在家里吃喝玩乐。”

二井是个富二代，10年前大学毕业的时候，找了另一个富二代结婚了。在我们看来，这是一桩很门当户对的婚姻，两个有钱人的结合，一定会更有钱。二井结婚后在我们圈子里就默默消失了，大家都在朋友圈里关注她。每天的生活内容基本上是买买买、逛街、打扮、整容，虽然越来越不像她了，但好在我们还能认出来，也确实比起小时候的婴儿肥，漂亮了很多。

最近几年，听说二井的老公生意不好做，每天很着急，回家心情和态度都很不好。然后就听说，他们离婚了。

富二代离婚了，也还是富二代，但对于富二代来讲，相对于钱，二井更看重自己失去了自己的感情和爱人。二井说，她最害怕的不是老公的生意变坏了，而是面对焦躁的老公，自己什么忙都帮不上。不懂生意，甚至不知道该怎么跟老公聊聊外面的事儿。如果时光重来，她希望自己不要死守在家里，每天也不用买买买，多出去工作体验生活也行，不为钱，就为了了解和认识一下外面的世界。女人在家里窝的时间太长，就变成了一个碎嘴子的妇女，每天关注的就是八卦和邻居琐事，可自己明明是个环游过世界的富二代啊。

2

除了二井，当年我们觉得也嫁得很好的小白，也在10年后的现在闹离婚。小白不是富二代，但也算家境尚可。在我们都大学毕业开始累成狗的工作后，小白嫁给了培训班里认识的一个男生。那个男孩子很能干，家境也好，刚毕业就考到了当时待遇最好的外企，小白三天打鱼两天晒网地工作了半年后彻底不上班了。

我们当时都好羡慕她啊，因为自己天天被老板骂成一坨屎。小白天天在家看电视看小说，老公挣钱她来花，聚会的时候还能貌美如花。只是10年后再聚会的时候，大家纷纷成了各个领域的两把刷子，至少吹牛还吹得都不错，但小白已经跟大家没话说了。我跟大王努力地想找点话题跟小白聊天，但遗憾的是，无论我们说什么，小白永远对不上我们的点。无论我们说什么，小白永远是眨眨眼睛问：“这是什么？这怎么赚钱啊？”

小白还是当年的小白，什么都没变，连从不化妆都没变，只是其他人都变了，没人再羡慕她了。

大王跟我说小白老公想要离婚，小白说什么都不同意，每天哭天喊地，觉得自己付出了一切青春，凭什么你说离婚就离婚。可说实话，小白也没付出什么，哪怕一顿饭都没给老公做过，每天就是看八卦看电视剧，连厨艺也没什么长进，可老公已成长为单位里的中流砥柱，回家却一口热茶都没有，一句能分享的话都说不出来。

我问大王，那小白怎么想？

大王说："大家都忙着挣钱，谁有空管她怎么想？当年咱们一起的朋友，现在都混得很不错了，不是我们不管小白，是真的说不上话了。谁现在提这事儿，小白就拉着你的胳膊哭一整天，翻来覆去就那几句话。10 年啊，谁不知道钱就是底气，我这种大学校园里的二百五都开始努力挣钱了，你说她怎么就不着急呢？"

有时候不是自己不着急，而是习惯了一种轻松的生活，就没办法紧张起来了，习惯了唾手可得的生活，就无法接受付出很大努力才能得到一点点的生活。

3

以前我觉得，女人一定要自己赚钱自己花，但那时候我忽略了，不挣钱的全职太太和全职妈妈也有自己的价值，甚至价值更大，不能用钱来一刀切地衡量，这是一种狭隘眼光。

现在觉得，女人一定要有独立生活的能力，无论是有钱，还是有方法，还是有能力，都可以。只要是让自己感到安心，就算身边的男人有一天因为任何原因离开自己，自己也依然有好好活下去的能力与勇气。

自从有了孩子以后，生活圈子大了很多很多，也认识了很多全职妈妈和太太，能把全家人都打理得井井有条，幸福安康，让人羡慕得不得了。她们中的很多人，照顾家里的同时，也不断地拓展、提升自己，很多人在孩子上幼儿园之后，还开创了自己全新的小事业。挣钱不是最重要的事儿，接触外面更大的世界，不要让自己落在时代的后面才更重要。

以前我觉得两个人都要挣钱，现在觉得家庭里每个人都是有分工的，每个人都要担负起对家的责任，包括挣钱，照顾老人孩子和彼此，家庭责任并不是某一个人专属的，不能把所有的责任都压在某一个人身上，另一个人就可以游手好闲，过着小婴儿般不管不顾的生活。

结婚，是一件特别严肃的事情，每个女孩都想嫁得好。以前理解嫁得好就是嫁给一个有钱的男人，过上衣食无忧的生活。但结婚以后才明白，没有谁能保证谁一辈子衣食无忧，亲爹都不一定能保证。嫁得好更多是指嫁给一个彼此相爱并且有信心一起努力就能过得更好的人。

5 年，10 年，甚至更久……每个人在心底默默地攀比，自己有没有比别人嫁得好。但嫁得好，不是指结婚那一天，而是更久的未来，我们有没有能力，把生活过得好。

结婚，不是嫁给一个更好的人，而是嫁给一个相爱的人，让自己变得更好。

觉得自己很牛就看看这个，立马没电！

· 差距，是一目了然的事儿

我朋友圈有几个房产中介的朋友，都是卖别墅豪宅的，每当我觉得自己很牛的时候，就去翻翻他们的朋友圈，把豪宅的照片一张张翻完，自己立刻就没电了。不是觉得自己没斗志了，而是觉得自己这点努力真是啥都不算。

朋友跟我说："明天我要去买别墅，希望能争取拿下。"

我问他："多少钱的，别墅还需要争取拿下？"

他说："1000 万。"

"全款？"

"嗯！"

你看，这就是 30 岁以后的世界，当你觉得自己还挺牛的时候，随便问问周围的人，就能立马没电。你可以说，不比较不就行了？干吗非要跟别人比？不是比不比的问题，是你随便一抬眼，就是差距，这是一目了然的事儿。

· 你不会，那就不是你的机会

30 岁以后的人生，为什么会有这么大的差距呢？差别就在于 30 岁之前的积累了。

之前有出版社的朋友问我，能不能请我翻译一本文言文书出版。我觉得这事儿特别有意思，很有意义，但却不得不说："对不起啊，我的文言文和历史水平太低了，做不了。"

你看，很多机会来的时候，你不会那就不是你的机会，也不存在错过。从 30 岁之前你懒得抽筋不想学不想吃苦开始，30 岁之后，这些机会就跟你没关系了。

现在知识变现是个特别火的事儿，很多人都想掺和一把，但关键是，你有知识吗？ 30 岁之前吃喝玩乐的时候，没想到"书中自有黄金屋"原来是真的，而且还是暴富级的。

· 胆子大的人才有可能暴富

成年人的生活里没有"容易"二字，生活总是会越来越艰难。而这种难度，不是仅仅是努力就能跟上的，相反，更多的是格局和视野，来决定 30 岁以后你会过上怎样的生活。

有次跟朋友们聊起房价，谈到早年买的房子，现在已经十多万一平方米了，后悔当初买太小了。可是当初没钱，也不敢找亲戚朋友借，怕欠人情，怕还不起。还是自己的胆子太小了，对自己的未来没有设想，不知道未来能挣多少钱，也就不敢随便借钱。相反，朋友最近贷款了一千多万买了一套别墅，我觉得这对我来讲是天方夜谭，胆子太大太大了。但反过来想，胆子大的人才有可能收获得多，只想安稳生活什么风险都不敢承担的，自然也收获不了太多额外的嘉奖。

而这个胆子大小，跟自己从小的环境和家境有关。小令跟我说，她做生意以后才知道，自己很少敢大笔地砸钱，因为自己从小的生活都是需要考量和平衡的，而那些有钱人家的孩子不需要考虑和平衡，便能一掷千金地砸下去，收获比自己多得多的回报。

· **每个人都是自己的榜样**

如果说30岁之前靠勤奋可以成功大半的话，30岁后要尽可能地出去走一走，看看更大的世界。就算自己在某一个领域已经非常成功了，也要走出自己舒适的圈子，去看看不同的世界，否则，老本三年就吃空了。20岁落魄了还能再战，30岁落魄了再战的勇气会少一大半。

有个朋友的公司受到竞争对手的攻击，我问他准备怎么办。他说：**“不怎么办，我现在要集中精力把我的产品做得更牛。其他事情我不关心，爱黑黑去吧，我要专心做需要我的事。”**

你看，这就是我跟他的重大区别，我会纠缠在怎么办上，而他会去看最核心的事情是什么。这就是我和一个身价几千万的富豪最大的差异。

30岁之前觉得我最牛，谁都不放在眼里；30岁之后觉得周围的人，都有值得自己学习的地方，都是自己的榜样！

没在深夜痛哭过的人，不足以谈人生

1

我不是明星粉，也从不追星，但对于小S，我经常有空就专门找她的微博看一看。我喜欢小S，因为她真实不做作，因为她大胆，甚至于喜欢她拍自己的素颜。刷微博的时候，看到小S生日深夜爆哭的消息，以为是喝多了，毕竟很多人喝多了容易失控。但看了好几遍视频和相关新闻之后，有点心疼这位曾经的小仙女。

认识小S是从我其实也没看过几集的《康熙来了》，继而零零散散地看了很多关于她的报道，早年那个在姐姐光环之下的普通女孩儿，还有那个在与黄子佼分手后痛苦万分的女孩儿，已经连续生了3个孩子，甚至于她产后通过健身迅速恢复了身材，还让当时单身的我暗暗发誓，以后也一定要像她一样拼出好身材（然而我现在生了两个也没做到这一点）。

她每生一个孩子，网上就有无数人在吐槽，讨论是男孩女孩的问题。

对于任何一个普通人来说，谁不愿意儿女双全？有三个女孩想要个男孩也无可厚非吧。很多人吐槽她给孩子穿秋衣秋裤就出门了，其实小S并非不懂打扮，或许只是希望孩子从小生活得普通点儿，而不是用富二代的吃穿标准来过活吧。

至于她老公许雅钧，一直绯闻不断，有时还要小S出来当众道歉。心疼小仙女。很多人觉得她在撑面子，很多人觉得她是假装幸福。生日爆哭的视频一出来，好多网友在窃窃私语，一定是婚姻亮了红灯，才会哭得这么惨痛。

可事实上，谁在深夜没有痛哭过呢？谁的婚姻没有吵过架呢？

2

婚姻，是每一个人踏上社会之后的必修课。就算嘴上说不想谈恋爱的人，内心也没有不期待爱情的。但大多数人，对爱情的理解不是柴米油盐，而是偶像剧里温柔体贴、多金还帅的“欧巴”。期待太高，失望更高。

现在婚姻感情类的文章很红，因为太多人在感情中失望太多。每个人都以偶像剧男一号的人设来幻想，结果结婚后发现连偶像剧里的反面人物都赶不上。我记得单身的时候，一个已婚同事跟我说：“好好享受单身吧，等你结婚后会发现，你想喝杯水，都必须自己起身去倒。”当时我觉得特别震惊，天哪，这样的感情为什么还要结婚？

前段时间一个离婚了的朋友来找我聊了聊爱情和婚姻，当年她也是一枝花，放弃了很多条件优渥的青年，跟一个普通男孩结了婚，就是图他对自己宠溺得要上天。宠溺到什么程度呢？她在家踢倒一个玻璃瓶子，都要打电话给老公哭一场，等老公回来扶起瓶子来。电脑崩溃了，也要打电话给老公哭一场。随着男人的步步高升，当男人在公司给员工开大会的时候，接到老婆来电，哭诉瓶子倒了的时候；当她觉得自己有点感冒，老公就不该去上班而应该全心陪伴的时候……老公先崩溃了。

她跟我说："被老公提出离婚之后我才知道，婚姻是一个人真正走向独立的开始，从自己衣来伸手的小家，走向自己独立的家庭。就好像从员工身份辞职，成为一个公司的合伙人。婚姻里的爱，是齐心协力往前走，互帮互助携手并进的关系。但之前我对爱情的希望，是把另一个人当爸爸，宠溺自己，惯着由着自己，什么事儿都不用管，有事儿喊一声就帮你办得妥妥的……这也是我们大多数人对爱情失望的原因，也是很多单身的人觉得你不幸福的原因。"

3

小S深夜爆哭说："婚姻的每一步都很难，我希望你们都能撑到最后。"

对于39岁生日的小S，深夜痛哭的绝不仅仅是婚姻。人生的每一步都很难，但我们都要撑着往前走。职场危机，孩子成绩，婆媳关系，闺密撕×，人一旦真正走入社会，每一天都有新的打击。

如果说离婚就可以终止爱情的痛苦和伤害，那来自自身的麻烦不断，又应该如何处理呢?

我陪很多人痛哭过，有人因为车祸去世的男友，有人因为子欲养而亲不在的父母，有人因为上有老下有小的中年生活，有人因为努力半天还是无法管教的孩子……我们努力，我们挣扎，我们在自己越来越老的生活里尽全力过好每一天，但人人有本难念的经，天天过得好像在水逆。

现在中年危机这个话题非常火，更多是因为，原本中年危机里的焦虑和迷茫，已经大大提前了。看着周围的人一个个超越了自己，甚至上学时候的差等生都比自己混得好，说不着急是假的。看到别人比自己过得好，内心都特别受不了。可人生，偏偏是个逆向的过程，年轻的时候没几个人能意识到努力和奋斗的重要性。等年纪越大越发现体力智力跟不上，身后却还有小鲜肉和小仙女们直逼倒戈。以前老板跟我说，30 岁之前的努力程度，决定你 30 岁之后过怎样的生活，等真到了那一天回头看，人生越来越难走，甚至难到哭都哭不出来。

很多人觉得我是个很顺利的人，不光上学工作顺利，连结婚生子都特别如愿以偿。但事实上，我仍然每天生活在各种焦虑和迷茫中。不知道自己未来的发展方向，不知道未来孩子的教育自己能不能驾驭得了，夜夜熬到半夜，为了让自己更加精进一步。说不自私不贪心都是假的，谁不想要更多更好呢？我一直觉得，是自己想要的太多了，才遇到那么多的困难，把自己的头发都熬白了十来根儿。但有一天突然明白了，人生本来就是一个怪兽接着一个怪兽地打，也理解了当年书里的一句话：“一帆风顺，也是一种平庸。”

我也曾压力大到在深夜里发烧，我也曾因为太过焦虑未来在噩梦中惊醒，但是梦醒之后，路在脚下，明天在自己的手上。所有的成绩，都是一步步熬出来的，每一个煎熬的日子里，都有过想罢工不干了的那一刻。

你以为小 S 只是在哭自己的婚姻吗？

不，她只是在生日的当口发泄来自生活的种种压力——那些对她的冷嘲热讽和落井下石，那些遇到过的好人坏人。她跟我们所有人一样，在漫漫人生面前，都只是一个普通人，会受伤，也会难过，会发泄，也会痛哭。只是哭过之后，她还是我们美丽动人的小仙女啊！

而我们每一个人，也在焦虑烦躁的每一天里，哭哭走走，愈挫愈勇，一边受伤一边学着坚强，一边努力一边从头再来。我们在自己的人生里迷茫又坚定，挣扎又彷徨。我们慢慢长大与自己和解，慢慢在人生的砥砺中，学会坚强，学会柔软，学会爱与被爱，学会在漫长的人生里，好好爱自己。

52岁煎饼大妈月入十几万，送女儿出国留学，开煎饼学校，把煎饼卖到全世界，而你却觉得她Low

1

以前一个煎饼大妈的一句“我月入3万，还差你一个鸡蛋”横空出世，把煎饼大妈推到了众人面前。之后在电视上看到一个52岁煎饼大妈的演讲，这位大妈从事煎饼行业10年，现在开了3家分店，还开了全国第一所煎饼学校，女儿在国外读研究生。

10年前，42岁的她是个差点连孩子学费都付不起的下岗妈妈，为了让懂事的女儿能跟别的孩子一样，想吃什么就能吃，而不需要懂事地说“妈妈，你给我买最便宜的就行了”，她每天3点起床，磨面粉，切葱花香菜，自制酱料，从一个被路人嫌弃的煎饼大妈，做到了今天，取得了这样的成绩。

站在演讲台上，大妈完全不像专业的演讲选手，我一直以为她在做自我介绍，结果介绍了一半我就哭了。

不知道你们能不能理解，那种敬佩别人到无语、又被其真情和温暖所打动的感受，再对比一下糟糕的自己，真的无语凝噎。

这个世界总是用金钱来衡量成功的定义，但在金钱背后，真正打动你的，是真情和真诚。

10 年，大妈坚持下来的动力就是——为什么人家的孩子想吃什么买什么，为什么我的孩子就不能？不管多难，我也要靠我自己，给孩子闯出一条路来。决不能放弃，坚持卖下去，不管是刮风还是下雨、一天都不能歇。

正是这样的坚持，让她在 10 年当中，不断精进自己的煎饼技能，一直走到今天，站到舞台上，给大家分享自己煎饼王国的故事。

我把这个视频发到了朋友圈里，有位前同事留言说："不就是个卖煎饼的吗？月入 20 万我都不会去，太 Low 了，给孩子丢人。"我随手打开他的朋友圈看看，第一条就是为 35 元一碗的牛肉面肉放得不够多而拍照吐槽，我贱兮兮地在评论里怼了一句："30 岁还为牛肉面里的肉块多少而吐槽，给爹妈丢人。"

在他把我拉黑之前，我把他先拉黑了。

一个 30 岁还在为牛肉面里几块牛肉斤斤计较的人，认为一个 42 岁开始创业、靠摊煎饼起家、年入百万的大妈丢人，除了拉黑，真的不知道该做什么了。

2

经常有人问我：星姐，下班后干什么能挣钱？

对于这种从来不想问问自己有什么技能和想法、上来就谈钱的人，我一贯的回答就是：刷碗，卖咖啡，卖汉堡。简单好做，都是时薪。而对方总会回答我："你是说累了一整天，下班后还去餐厅打工刷碗？那能挣几个钱呢？还不够丢人的。"

那你别挣了，在家躺着看看电视吧，光想着要钱而不想付出！你要找得到能不付出就赚钱的好事儿，也跟我说说，我也去做。有句话说得好：大城市里最底层的人群，其实是办公室格子间里的白领。这句话虽然有点绝对，不能一棒子打死一群人，但说得不无道理。格子间里的白领看不上很多人，甚至看不上富豪榜上的民营企业家。

以前有个前同事找我聊天，说在做一个民营公司的项目。这家民营公司做得很大，全世界都数得着。她自从接了这个项目经常要去出差，这家公司在一个小城市里，虽然很大，但透着浓浓的乡村风，无论什么都特别土，从一线的工人到大老板的椅子，通通看不上。

这位前同事吐槽了半小时之后，我问她："都这么差，那是怎么做到全世界都有名的啊？你没研究研究？"

前同事说："肯定有后门有关系呗，民营公司还不都是那样？你不知道哦，他们的工人每天都要喊口号，就像美发店早晨都要在店门口做操一样。我第一次看到都惊呆了，现在还有这样的公司，太吓人了。"

我问她："人家可是全世界都数得着的企业，靠哪儿的后门啊？你说的那是企业文化，没什么奇怪的吧。"

前同事喝了口茶皱起眉头说："天哪，我跟你说，他们员工对老板的态度，就像看到神一样，特别崇拜，千恩万谢的，现在哪有这样的，真无法理解。"

“这有什么不能理解的，这种大型民企，肯定很多人家夫妻都在里面工作，小城市里的人，能在这种稳定又有名的企业里工作，都会很满足的，你这种大城市里的白领，是理解不了那种情感的。”

“反正我就是觉得太 Low 了，可能跟老板是农民有关吧，反正就是太土了。做完这个项目，绝不能再接这种客户。”

哦，你爱接不接，反正人家全世界都有名，人家老板是富豪榜上的名人，你是月入一万多的小白领，喝个星巴克都要拍照发朋友圈的人，随你便。

说实话，农民出身的老板能做到今天的辉煌，这难道不该值得敬仰吗？我要是有这个机会到这样的企业出差，我恨不能一起喊口号。

3

自从辞了职，我也想过做很多事赚钱，听到别人赚钱的消息自己也蛮心动的，可有的钱自己没能力赚不到，但对能赚到的人，从来都心存敬畏，比如很多人都看不起的微商。

我不是说那种卖假面膜的微商，我是说朋友圈里卖卖衣服水果海鲜零食枕头床单的人。我对他们心存感激，因为我都靠他们才能足不出户地活。

熟悉我的人都知道，我推荐的人和东西，没有不好的，因为都是我买过很多次的店家，也跟卖家有很深的交情，大部分时候，我也知道他们的发家史。比如某个卖外贸的小店店主，每天早晨 6 点更新朋友圈，7 点带孩子出去晨练，白天拿货、发快递、再更新几次朋友圈。每天几乎 18 个小时抱着手机，你随时找她随时回应，全年无休。

很多卖家跟我说：星姐，你口碑好，帮我们做代理吧。

我说不行，我做不了，我脾气不好，一个人问问题超过三个我就火了，吃不了这碗饭，这钱我活该挣不到。

光我知道的，一个卖童装的，现在在自己小城里有8套房；卖外贸杂货的，现在在当地还开了一个咖啡馆，养两个孩子；卖乳胶枕的，刚买了别墅……这都是货真价实的，很多人看不起的微商，可真的就这么牛。

举这些例子，我只是想说，行行出状元，煎饼摊能月入10万，卖小外贸的也能开得起咖啡馆……对于挣钱，靠的是一口勇往直前的勇气，而吐槽看不起谁，并不能让你发家致富。

再说了，你看不起谁都无所谓，反正你还是穷，人家还是又美又富又有才，卖货卖到全世界。**这就是这个世界，你再看不惯也没用，丝毫不影响人家的生活，而受影响的只有你！**

在医院住院20天才知道的真相，竟然是……

我妈出院了。

20天，从急诊住院到开胸大手术到出院，像一场梦。作为一个很少来医院的人，从未在医院待过这么久的时间。这20天里，使我第一次有了那种人到中年上有老下有小的感觉。白天穿梭在家和医院中间，晚上熄灯后在医院走廊里工作。在医院的每一个晚上，我都在迅速地思考未来，脑子转得飞快。

· 人到中年的担当，原来是一夜之间形成的

我跟朋友说，这20天，我仿佛突然进入一个陌生的白色世界里。在这里，每一天对我而言都是全新的，有压力有挑战，有陌生的一切也有不断进步的成就感。以至于最后一天我妈出院，车开离医院大门的时候，我还有一点儿失落。总是在电视上看到医院的种种，而自己亲身经历过之后所带来的感动和震撼，每天都刷新三观。

· 我们的自责和压力，都是外人无法想象的

第一次跟主刀大夫谈病情的时候，是周一下午，我的内心是忐忑的。对一个身体健康，很少来医院的家庭来讲，因为腹痛被查出心脏病，急诊入院又紧急住院，整个过程都是马不停蹄来不及思考的。周围的病人家属都夸我们乐观，其实是没反应过来。坐在医生面前的我非常镇定，但其实是傻了。

二尖瓣置换、三尖瓣修复、房颤射频消融、左心耳切除、血栓摘取，医生耐心又细致地给我讲解了病人的一系列病情和手术方案，对于其间可能发生的风险一一作了说明。做得越多越复杂，开胸时间越长，风险就越高，其中房颤只有70%的成功率。也就是说，很有可能做了之后又复发了。钱花了，罪受了，可能还没治好。

我脑子迅速转了15秒，跟医生说："我们都做，如果房颤复发了，我不会怪医院，也不会怪你。我不懂医学，但我是讲道理的人，你放心做手术，我们家属来保证经济和病人的信心，我们一起尽力就好。"

周三早晨8点到下午3点，7个小时。电子屏幕上终于闪了三次绿色的"手术结束"，医生们完成了这场复杂的开胸手术，我妈进入重症监护室，开始了她的康复之路。从来没有经历过此种场景的我，以为会在手术时间里特别担心着急，但实际上我却一点都没担心，该吃吃该喝喝，不知道为什么，就是特别相信医生。

在所有医护的关怀和帮助下，老妈恢复得非常好，当天麻醉醒了，管子拔掉了，第三天出了ICU，引流管拔掉了。作为开胸大手术，出了ICU就下地遛弯儿了，术后第四天就能吹气球了，出了院就逛街去了。62岁老人的恢复速度把我都看蒙了，我时常感叹，现代医学太神奇了吧。

后来朋友问我，你一点都不害怕吗？害怕啊，怎么不怕，但后来，大夫跟我说了一句话："在面对病人的时候，我们和家属是站在一起的，我们都希望病人能好起来。如果病人没有好，我们的自责和压力，都是外人无法想象的。"

就这一句看似与病情无关的话，让我突然安了心，和他站在了一起。

· 太难了，他们真的太难了

说实话，我挺心疼医生的。每天晚上 9 点最后一次查房，早晨 7 点又到医院了。白天手术没完没了，中间一点休息时间还要跟病人家属不断谈话，还要态度和蔼可亲不厌其烦。稍微有点急躁情绪，就会被指责态度不好。每天提心吊胆地操心着每个患者的病情，放假都不敢走远，一个电话随时随地要赶回医院救命。

我每天就在探视时间跑来跑去，还能住在医院门口朋友家里，我都觉得累，但比起他们，我这些又算什么呢？

每天哄病人跟哄小孩一样耐心又细心，呼叫器随便一按，随叫随到，中午医生办公室桌子上摆好了盒饭，都不见医生过来吃，手术一结束腰都直不起来，腿都不能动了，承担着巨大的心理压力和风险。我在微博上感叹医生的不容易，有人居然说：所做的一切都是职责所在，有什么好辛苦的？

真想一巴掌扇死这位，职责所在就欠你的了吗？你上班都尽心尽责过吗？120 万分努力和尽责就换来你一句"应该的"？

表弟是个牙医，有一次大年初二，正在家过年，病人打电话来要求看病。表弟说可以去急诊，医院有大夫上班，对方表示："你们医生居然还过春节？”

朋友是康复中心医生，病人要求超时锻炼，但因为会影响下一位病人的时间而被拒绝，这病人转身对朋友破口大骂。

· **医患关系表面受伤害的是医生，但最终受害的是我们**

有个医生的文章刷屏，讲的是一个19岁的小丈夫，带着被县医院判了死刑、连家人都放弃了的老婆来作者的医院看病。全身上下只有两万元，且病情凶猛又缘起不明，病人体弱承受不了手术之创。医生感到为难，但又被小丈夫的赤诚之心打动，努力地省钱帮他们治病。当医生正为病情毫无进展愧疚的时候，小丈夫不断用自己的信任和坦诚打动着医生。最终，病人好了，小丈夫“深深地鞠了一个躬，然后就一直这样弓着背，低着头，倒退着，走出了我的门诊办公室”。

这篇文章引出了很多人的眼泪，为医生，也为小丈夫，为他们之间的相互信任和感动，是压力更是责任，有个评论写道：“如果文中这个有担当又质朴的小丈夫（19岁）换成一个刁蛮者，其病妻的结局就可想而知了。虽说医者仁心，但仁心也是血肉之心，伤不起啊！”

现在的医患关系很严重，表面受伤害的是医生，但最终受害的是我们。很多人看病，不是带着信任的心，而是怨怼和怀疑的心，动不动就怼，一言不合就撕。

太多人觉得，医生应该看自己一眼就知道什么病，做任何检查都是要赚黑心钱，都是过度治疗乱检查。只要没治好病，就是庸医，就是事故。医生就是服务员，凭什么态度不好不微笑？

你以为自己破口大骂占了上风，你以为自己动不动就医闹得了钱占了便宜，但最终的结果是医生再不敢多说一句话，不敢给出任何建议，不会再冒险尝试一切可能性，不会再为你赴汤蹈火地拼命，因为好心没好报，不得已只能自保。微博里有个读者评论说："就像学校里，家长对管学生的好老师大打出手，最后毁了的是你自己的孩子。"

好的医生越来越少，学医的年轻人越来越少，当医生变成了高危职业，心寒职业，忙成狗都没尊严的职业，20年后，等待我们的，只有死。

· 我真的谢谢医生

我妈手术的那天晚上，我站在医院楼下的马路上抬头看，整个大楼灯火通明，与北京西城这个老城区周边的夜幕安静有些格格不入。那里面，是每时每刻都在救人救命的心血管病专业医生。这个全世界就诊量最大的心脏病医院里，住着来自全国的心脏病危重病人。

我跟所有病人的家属一样，都住在这附近的各种房子里，手机24小时开机，随时准备着接医院的紧急电话。那一刻，我经历着自己从未经历和见过的一切。那些曾经只能在电视里见过的场景，我就身在其中。所有的病人家属，都在互相鼓励，无论贫穷还是富有，无论从哪里来，做什么的，我们都在一起，默默耐心地等待。我们都无比虔诚地相信这座灯火通明的大楼里，每一个人所做的努力。

我跟朋友说，出院以后，我一度觉得很恍惚。因为这里的一切，跟我平时接触到的充斥着金钱和利益的世界太不一样了。这是我第一次切身地站在医护中间，站在那么多危重的病人中间，看到那么多医学技术所缔造的奇迹，看到所有医护匆忙的奔波和忙碌……他们在救命，毫无私心地救人。**他们所挽救的不仅仅是一个人，更是一个个濒临破碎的家庭。而来自家属和病人的信任，就是他们最大的动力和信心。**

前几天我在餐厅拍了一张照片，我妈跟我儿子坐在餐桌前互相对视——儿子着急地跟姥姥讲自己看到的一切，姥姥慈爱地看着外孙。我把这张照片发给主刀大夫，想到 20 天前还是在医院不能动的危重病人，千言万语汇成一句话发给他：“谢谢医生，真的。”

32 岁时，从朋友圈学到的 22 个人生真相

很多人问我，为什么叫“一直特立独行的猫”？其实是因为，当年起这个名字的时候，我刚毕业。我希望自己很多年后，还能像刚毕业的时候一样，充满棱角，不要被社会的大熔炉所同化，记得自己当年初出茅庐时的样子。

如今，10 年过去了。我早已不是 10 年前不可一世的自己。现在的我，最重要的事儿，就是过好自己的生活，爱自己家里的人，低调、安静、内敛地做自己认为重要的事。不在乎别人的闲言碎语，不嫉妒别人的美好成就。祝福、赞美他人，安心地好好做自己。当心里燃烧着油腻中年热火的时候，提醒自己，那个一直特立独行的样子，自己别忘了。

很多人问我，哪里来的那么多正能量？其实所谓的正能量，并不来自多么伟大的人和故事，反而来自身边。因为工作关系和喜欢买买买的原因，我朋友圈里有很多并不熟悉的人和卖各种外贸杂货、海鲜代购的微商，像一个小世界，光怪陆离，但又十分现实。每天我都会

刷一遍我的朋友圈，里面有很多金句和故事，每天我都会随手收藏几个，每一句都能帮我熬过艰难的一整天。

奋斗篇

1. 别低头，王冠会掉；别流泪，贱人会笑。好好努力，多多挣钱，你才会知道，你的人生自己说了算的感觉有多好，这个世界有多现实就有多公平，想要毁灭你的，会让你变得更强大。

2. 君子报仇，干吗等十年？让自己成功，是对看不起你的人最好的报复。别记仇，别哭闹，你要过得比他好一万倍，再见面，开着你的豪车穿着貂，轻轻地说一句："Hi，好久不见。请你吃饭，菜单上挑贵的，随便点。"

3. 小孩子才看喜好，成年人只看利弊。互帮互助才能互惠互利。从你不喜欢的人身上，得到你想要的东西，学到对方才有的优点，你才能比他更优秀。宽容是一种美德，包容是一种强大。

4. 穷人或所谓的普通人，是手里有多少资源，才敢办多大的事儿；富人是想到某些事儿，目标定下了，并为之开始筹措资源。因为这样的思维，没什么可以拦住他们做事儿。没钱可以借，没人可以请，不懂可以外包，限制可以规避，敌人可以和好，对手可以买通。

5. 别哭穷，因为没人会给你钱；别喊累，因为没人会帮你做；别想哭，因为大家不在乎；别认输，因为没人希望你赢。

6. 如果你满足于岁月静好，那就别对别人的优越生活羡慕嫉妒恨；如果你满足于钱够花就好，就别说别人的成功是因为心机婊。

7. 如果你觉得当个自由职业者，就是自由自在不看老板客户同事的脸色，那你除了做好足够的经济准备外，思考、行动、坚持、自律，是你更要恪守的准则。否则，浑浑噩噩一段时间以后，你丧失的不仅仅是你的物质储备，还有你最赖以生存的社会价值。人一旦习惯了闲，就很难再紧张起来。

8. 工资低的最大原因是，牛人都在“想”怎么办，你总在“问”怎么办。

9. 做事儿眼光要长远，不要总想着眼下别人做什么赚钱，你就跟风做什么。锻炼好自己的能力，在一件事上深挖下去，让钱来追你。

10. 自己曾经最鄙视的“拍马屁”“耍心机”，在如今看来，不是自己看不起，而是自己学不会，心中便生出了嫉妒。现实又功利的世界里，这是多么重要的技能。

11. 别作恶，别把运气当实力，别膨胀自己的自尊心。三十年河东，三十年河西，别不可一世看不上今天有求于你的人。

12. 有个资质一般的朋友想要认识顶级的牛人，每天不断文章打赏，免费帮忙。这个世界，伸手不打笑脸人，直到牛人崩溃，终于有了第一次对话的机会。如今他们已经成了忘年交，互帮互助，全倾全力。这个故事告诉我们，如果你想让别人帮你，送礼帮忙做在前，“诚意”是这个世界最大的现实。

生活篇

13. 你接近什么样的人，就会走什么样的路。穷人会教你如何节衣缩食，小人会教你如何坑蒙拐骗，牌友只会催你打牌，酒友只会催你干杯，而成功的人会教你如何取得成功。人最大的运气不是捡，也不是中奖，而是有人可以鼓励你、指引你、帮助你发现更好的自己，走向更高的平台。其实限制人们发展的，往往不是智商和学历，而是你所处的生活圈和工作圈。你身边的人很重要，所谓的贵人，并不是直接给你带来利益的人，而是开阔你的眼界，纠正你的格局，给你正能量的人，并且要你明白，所有浪费的日子都是要还的。

14. 你身上的所有赘肉，都是你向生活妥协的痕迹。管理好自己的体形比管理好老公更有价值和意义。一个女人，可以没有背景，但一定要有背影。

15. 别暴露太多私生活，暴露越多，给别人提供的黑你的谈资就越多。你永远不知道，背后有多少人等着黑你。

16. 三十多岁的年纪，人会慢慢变得自负、自大、唯我独尊、油盐不进。对别人只有嫉妒，否定，表面祝福、背地里等着别人出丑。警惕这些变化所带来的故步自封和小肚鸡肠，它们决定你中老年时代的人生方向。

17. 该拒绝就拒绝，别考虑什么面子，没面子。

18. 认清楚你该付出真心、时间、金钱的人，不要因为对不相干的人付出太多而忽略了枕边的爱人、孩子。

19. 孩子是妈妈最好的奢侈品，是家庭最高荣誉的表现。即使你事业有成，年入千万，孩子出门就撒泼耍赖，所到之处人人嫌弃，啥都不会，那你该考虑一下辞职了。

20. 如果喜欢晒孩子自拍，记得过一会儿删掉，不然一朋友圈几千人都知道你孩子今天去哪儿了，叫什么，住哪里，幼儿园是哪一家。

21. 坚持体检，认真锻炼，给自己和家人买好保险，特别是重疾险。年龄不饶人，你不再是 20 岁的小年轻了，72 小时不睡觉洗把脸还能 9 点钟来上班。

22. 如果说二十多岁一人吃饱全家不饿，一人赚钱买包包就足够了。但32岁开始，你要开始铺设自己在这个城市，甚至是更大范围的人脉了。成年人之间，不管你是否喜欢对方，互帮互助，互相利用，就是最健康的生活指南。人到中年的世界里，钱不是 100% 都能用得上，何况自己还没什么大钱。